WAHNSEE

ROBERT HAASNOOT

WAHNSEE

Roman

Aus dem Niederländischen
von Christiane Kuby

Berlin Verlag

Die Originalausgabe erschien 1998 unter dem Titel
Waanzee
bei De Geus, Amsterdam

Umschlaggestaltung:
Nina Rothfos und Patrick Gabler, Hamburg
Gesetzt aus der Palatino
durch psb, Berlin
Druck & Bindung: GGP Media, Pößneck
Printed in Germany 2001
ISBN 3-8270-0072-6

Gedruckt auf chlor- und säurefreiem Papier

Die deutsche Übersetzung wurde ermöglicht
durch die freundliche Unterstützung des
Nederlands Literair Produktie- en Vertalingenfonds.

DIESES BUCH WIDME ICH MEINEN ELTERN.
JEANETTE, JOHN UND BARBARA.
DENEN, DIE WIR WAREN.

I

Die Gottesfürchtigen haben uns damals oft genug gewarnt. Die Zeichen seien deutlich, sagten sie, die Endzeit habe begonnen. In der Welt außerhalb unseres Fischerdorfes seien die Gottlosen jetzt weitaus in der Überzahl. Gott habe Seine Hand vom Menschengeschlecht abgezogen, ein furchtbarer Krieg sei vor einem Jahr ausgebrochen. Wenige Stunden mit der Bahn vom Dorf entfernt, könne man das Donnern der Kanonen hören und spüren, wie die Erde bebe. Der Satan sei losgelassen, Nation erhebe sich gegen Nation und Königreich gegen Königreich. Täglich stürben Tausende von Soldaten in den Schützengräben, ganze Dörfer und Städte würden verheert, Scharen von Menschen seien auf der Flucht. Noch bleibe das Vaterland von der Kriegsgewalt verschont, doch zuweilen, nach einem Regen, liege auf den Häusern und Straßen von Zeewijk eine nach Blut riechende feine Ascheschicht, die der Wind aus dem brennenden Belgien herüberwehe.

Auch in Zeewijk sei der geistige Verfall zu bemerken, meinten die Gottesfürchtigen. Erst habe die Gemeindeverwaltung das Zollhaus und die Schranke an der Straße nach Rijngeest entfernen lassen, dann sei eine Bahnlinie gebaut und die Dampfstraßenbahn eingeführt worden. So habe man das Dorf allerlei weltlichen Einflüssen geöffnet. Immer mehr Badegäste kämen her – im Sommer 1915 wiederum mehr als in den vorhergehenden Jahren. Vor-

wiegend reiche Leute aus der Stadt, die ein ausschweifendes Leben führten und sich um Gottes Gebote nicht scherten.
Entlang der Strandpromenade schössen Hotels und Pensionen in die Höhe. Abends seien die beiden Dorfkneipen und der Schankraum im Restaurant De Zwaan überfüllt. Da werde nach Herzenslust geflucht und gelästert. Und wenn das Wetter tagsüber schön sei, schwämmen Frauen aus der Stadt mit kurzem Haar und geschminkten Lippen im Meer. Schamlos, in kaum verhüllenden Badeanzügen, ließen sie sich von den lüsternen Wellen betasten.
Das Volk Gottes sah mit großem Kummer, wie die Gottlosigkeit um sich griff. Die Gottesfürchtigen suchten Hilfe beieinander und mühten sich redlich, allen Versuchungen des Satans zum Trotz die reine Lehre des Evangeliums zu wahren.
Dies war nicht leicht, denn ständig wurde Zwietracht unter den Gläubigen gesät. In der Oude Kerk, einem weiß verputzten Gebäude an der Strandpromenade, das noch aus dem sechzehnten Jahrhundert stammte, hatten wir Zeewijker uns einst zum altehrwürdigen Glauben unserer Väter bekannt. Vor einigen Jahrzehnten jedoch hatte die Obrigkeit in ihrem Hochmut gemeint, die Herrschaft über die reformierte Kirche an sich reißen zu müssen. Nicht mehr die ortsansässigen Pastoren und Kirchenältesten hatten nun Entscheidungsgewalt, sondern die Allgemeine Synode, deren Vertreter von der Regierung ernannt wurden. Die »Lehrzucht«, die Aufsicht über die rechte Lehre, war abgeschafft, dem Zeewijker Kirchenrat das Recht genommen worden, über den Dienst am Wort zu wachen, so

dass auch weniger fromme Pfarrer ihre irrgläubigen Ansichten im Dorf verkünden konnten. Vor allem seit der Kirchentrennung, der so genannten Doleantie im Jahre 1886, kaum zwei Jahre nachdem die Gemeinde ein neues Gebäude in Gebrauch genommen hatte – die Grote Kerk an der Voorstraat –, hatten viele Zeewijker sich gezwungen gefühlt, aus der reformierten Kirche auszutreten. Die Altreformierten und andere Abtrünnige hatten ihre eigenen kleinen Gotteshäuser gebaut; daneben entstanden zahlreiche Gemeinschaften, die sich in Hinterzimmern oder in den Wohnungen der Bekehrten und »Bekümmerten« versammelten.

Gegen Ende des vorigen Jahrhunderts war die Mitgliederzahl der Reformierten so stark zurückgegangen, dass sowohl die Oude Kerk an der Strandpromenade als auch die Grote Kerk an der Voorstraat sonntags nur noch halb gefüllt waren. Die kirchliche Finanzverwaltung war dadurch in ernsthafte Schwierigkeiten geraten und hatte schließlich die Oude Kerk verkaufen müssen. In dem Gotteshaus wurde jetzt Fisch zum Räuchern aufgehängt. Rauch und salziger Dunst drangen in die Mauern ein. Das Gebäude verlor seine schöne weiße Farbe, doch für einen neuen Verputz fehlte das Geld. Bleigrau stand die Oude Kerk am Meer, ein trauriges Symbol unserer religiösen Zerrissenheit. Aus Scham darüber befahl die Gemeindeverwaltung dem Räuchereibesitzer, den Turm abtragen und die Mauer um die Kirche abreißen zu lassen.

Wenn die Frommen auch behaupteten, die Endzeit sei angebrochen, so war jener Sommer des Jahres 1915 dennoch

ein schöner Sommer mit heiterem Himmel und wenig Regen. Die Sonne machte die Menschen träge und zufrieden, obwohl im Dorf große Armut und Arbeitslosigkeit herrschten.
Tagsüber sah man alte, arbeitslose Seebären mit den Händen in den Hosentaschen über den Strand schlendern. Sie suchten den Horizont nach Schiffen ab, erörterten die Gemütsverfassung der See und spuckten ihren Priem nach den zimperlichen Badegästen. Weil die Tage so langsam verrannen, schienen die Frauen mehr Zeit zu haben als sonst und tauschten in den Höfen und an den Küchentischen die letzten Neuigkeiten über kleine Streitereien und Familienfehden aus, darüber, wer geschwängert worden, wer gestorben war und wer es wohl nicht mehr lange machen würde. Über Leute wie Jannetje Verdoes, die Frau des Schleusenwärters, die von heute auf morgen den Verstand verloren hatte und ständig närrische Gespräche mit ihren beiden ertrunkenen Brüdern führte.
Nur über den Krieg, von dem Anschläge an der Rathausmauer jeden Tag ausführlich berichteten, sprachen die Frauen lieber nicht. Und wenn sie es doch taten, dann nur im Flüsterton. Denn im Meer trieben Minen, U-Boote lagen auf der Lauer, und leichtsinniges Reden hätte womöglich die Gefahr, die den Männern auf See drohte, heraufbeschworen.
Keiner, der sich nicht an die grausam entstellten Leichen erinnerte, die im Vorjahr entlang der Nordseeküste angespült worden waren. Ein deutsches U9 hatte sich aus der Tiefe herangeschlichen und drei englische Kreuzer torpediert. Von den ungefähr neunhundert Engländern, die ihr

Leben dabei verloren hatten, waren später achtundsiebzig in einem Massengrab in den Dünen verscharrt worden. Wir alle waren erschüttert und fassungslos. Und das sei erst der Anfang, sagten die Gottesfürchtigen, und in der Tat: Kaum zwei Monate später lief der Kutter *Jacoba Hendrika* von Schiffer Bouwe Plokker auf eine Mine; die ganze Mannschaft kam dabei um. Vierzehn Menschen auf einen Schlag aus dem Leben gerissen, neun Familien in Trauer und Leid gestürzt. Nein, die Gefahren des Krieges waren so groß und so schrecklich, darüber schwiegen die Frauen lieber.

Unterdessen schritt der Sommer fort.

An einem frühen Samstagabend im Juli wurde das Dorf durch die Ankunft einer Prozession von mindestens hundert Anhängern der Wachtturmgesellschaft aufgeschreckt. Sie hatten den ganzen Weg aus der Stadt zu Fuß zurückgelegt, vorneweg gingen die Kinder und schleppten reihum eine große Fahne. Erhobenen Hauptes, den Blick gen Himmel gerichtet, zogen sie unter dem Singen geistlicher Lieder über die Roskambrücke, den Zeeweg und die Voorstraat zur Strandpromenade.

Beim Musikpavillon gegenüber dem Badehotel Du Rhin hielt die Prozession an. Zwei Männer bestiegen den Pavillon, als sei er eine Kanzel. Der eine war untersetzt und in schlichtes, frommes Schwarz gekleidet; der andere kam von weit her aus Amerika und war groß und dunkel; er hatte pomadisiertes Haar und trug einen hellgrauen Dreiteiler und weiße Schuhe. Ich war an dem Abend auch dabei, zusammen mit Aad Zuijderduin, der später nach Niederländisch-Ostindien auswandern sollte. Keiner von uns Zeewijkern hatte je einen leibhaftigen Amerikaner, geschweige denn einen amerikanischen Prediger gesehen. Ich sah, wie der kleine Mann in Schwarz ehrerbietig den Hut vor ihm zog. Im Hintergrund leuchtete die untergehende Sonne. Die herbeigeeilte Menge hielt den Atem an.

Der Amerikaner begann zu sprechen. Erst sprach er leise und freundlich, schon bald aber fuchtelte er wie wild mit den Armen. Eine Flut feuriger Klänge ergoss sich über uns. Steif und devot, den Hut vor der Brust, übersetzte der Mann in Schwarz die zündenden Worte. Das Gesicht des Amerikaners strahlte. Man sah, dass der Geist des Herrn über ihn gekommen war. Wie in Trance ließ ich mich von den Wellen seiner Stimme treiben, während der Musikpavillon in der blutroten Sonnenglut vibrierte. Manche von uns hatten nach einiger Zeit keine Übersetzung mehr nötig, um den Amerikaner zu verstehen. Er schien in anderen Zungen zu reden wie die Apostel am Pfingsttag.

Das Reich Gottes sei nahe, sagte er. Ein himmlisches Königreich, das alle irdischen zertrümmern werde. Es bleibe nur sehr wenig Zeit, denn schon bald kehre Christus wieder; und ihnen, der Gesellschaft, sei das genaue Datum seiner Wiederkunft bekannt. In Amerika hätten sehr weise Männer die Bibel und die alten Schriften studiert, und alle seien zum selben Ergebnis gekommen. Der Tag sei nahe, an dem alle Auserwählten plötzlich von der Erde verschwänden. Gott würde sie mitten in der Nacht in Seine himmlische Herrlichkeit aufnehmen, auf dass sie

nicht durch die Plagen und Seuchen der Letzten Tage getroffen würden. Am Tag des Jüngsten Gerichts würden sie mit Christus auf den Wolken des Himmels wiederkehren. Daher sei Eile geboten. Wir sollten uns unverzüglich der Wachtturmgesellschaft anschließen, denn nur deren Mitglieder, und von ihnen nicht mehr als 144.000 – die in der Offenbarung des Johannes genannte Zahl –, blieben vom grauenhaften Weltuntergang verschont.
Ängstlich schaute ich zu dem Mann im Musikpavillon auf. So etwas hatte ich noch nie gehört. Sollte es wahr sein? Der Amerikaner schien seiner Sache sicher. Aber in diesem Moment stellte sich der alte Jan Parrel, ein von Gott Unterwiesener und ein Seelenfreund von Pastor Waalkamp, vor die Menge und rief den Leuten zu, der Amerikaner sei ein Betrüger und wir sollten nicht auf ihn hören. Denn stehe etwa nicht geschrieben, dass der Menschensohn komme wie ein Dieb in der Nacht und niemand den Tag oder die Stunde Seiner Wiederkunft kenne? Auch nicht noch so gelehrte Leute aus Amerika. Und damit war der Bann gebrochen. Was Jan Parrel sagt, stimmt, dachte ich, ich hätte es wissen müssen. Der Abzug der Wachtturmleute war denn auch weniger imponierend als ihr Einzug, obwohl sie bis zur Roskambrücke aus vollem Halse geistliche Lieder sangen und hoheitsvoll wie Märtyrer den Vorwürfen und dem Hohn ihr Ohr verschlossen.
Am nächsten Tag erinnerte Pastor Waalkamp im Morgengottesdienst in der Grote Kerk alle noch einmal an Jesu Worte. Dass am Jüngsten Tag falsche Propheten aufstehen würden, um das Volk in die Irre zu führen und vom Weg

der Wahrheit abzubringen. »Prüft die Geister, ob sie von Gott sind«, ermahnte er seine Gemeinde.
Dennoch erhob sich nicht lange danach aus unserer eigenen Mitte ein falscher Prophet. Ein Zeewijker Seemann, dessen Geist sich verwirrt hatte und der sich für einen Engel des Lichts ausgab, aber eine ganze Schiffsbesatzung ins Verderben stürzte.

Vierunddreißig Jahre sind seither vergangen. Wenn ich heute von den tragischen Ereignissen des Jahres 1915 berichte, die man im Dorf als die Geschichte des Irrenloggers kennt, so geschieht dies auf Wunsch von Bürgermeister Bosveld, der seit seinem Amtsantritt vor zwei Jahren viel davon gehört und lebhaftes Interesse daran bekundet hat.
Im Dorf selber spricht man lieber nicht mehr davon. Scham oder Trauer lasten noch immer auf vielen Familien. Im Übrigen wissen nur sehr wenige, was sich an Bord der *ZW 171* tatsächlich abgespielt hat. Vieles von dem, was man sich heute hinter vorgehaltener Hand erzählt – abgehackte Arme, Besatzungsmitglieder, die in Todesangst in die Masten kletterten –, ist in Wirklichkeit gar nicht geschehen. Deshalb bin ich mit dem Bürgermeister der Meinung, dass die Tatsachen von den Legenden getrennt und in einem offiziösen Dokument für die Nachwelt festgehalten werden müssen. Denn die Fantasie der Menschen ist grenzenlos, und die Wahrheit verflüchtigt sich im Nebel der Zeiten.
Mich selbst beschäftigt diese Geschichte bereits seit vierunddreißig Jahren. Die im Dorf so gefürchtete Schlüssel-

figur der Tragödie habe ich im Sommer 1916 im Garten der Nervenheilanstalt Wendehart noch einmal gesprochen, und ich habe dort buchstäblich am eigenen Leib erfahren, zu was dieser Mann imstande ist, wie er auf unerklärliche Weise die natürliche Ordnung der Dinge zu stören vermag. Als Bürgermeister Bosveld mir den Vorschlag machte, auf Grund meiner Funktion als Stadtsekretär von Zeewijk der Geschichte des Irrenloggers nachzugehen, stimmte ich sofort zu, denn ich wollte mit dieser aufwühlenden Erfahrung ins Reine kommen.

Ein gutes Jahr haben meine Nachforschungen gedauert. Ich durfte das Gutachten zweier Ärzte einsehen, die seinerzeit im Auftrag des Gerichts den Geisteszustand der Besatzung untersucht hatten. Außerdem habe ich Gespräche mit fünf der Überlebenden geführt, die übrigens erst nach wiederholtem Drängen sowohl von Bürgermeister Bosveld als auch meinerseits bereit waren, ihr jahrelanges Schweigen zu brechen. Wir mussten ihnen für die Dauer ihres Lebens strikte Geheimhaltung meines Berichtes zusichern.

Auf Grund des Gutachtens und der Aussagen der Seeleute werde ich versuchen, die Geschichte des Irrenloggers so sorgfältig und unparteiisch wie möglich zu rekonstruieren. Dabei spreche ich die Hoffnung aus, dass dieser Bericht all denen eine ernsthafte Ermahnung sein möge, die in ihrem Hochmut glauben, Gottes Wille und Wesen ergründen zu können.

***

Wir, die wir Arend Falkenier gekannt haben, erinnern ihn als einen breiten, baumlangen Kerl mit etwas hervorstehenden scharfen Augen und einer kräftigen Stimme. Ein Mann, vor dem die meisten von uns große Achtung hatten, obwohl das jetzt nur noch wenige zugeben werden. Denn man konnte ja nicht ahnen, zu was er fähig sein würde, alle sahen in ihm ein auserwähltes Kind Gottes. Das behauptete nicht nur er selbst von sich, auch die Gottesfürchtigen, die es wissen mussten, hielten ihn dafür. Und vor auserwählten Kindern Gottes hatten die Leute Respekt, denn die Zahl der Frommen war sehr klein.
Arend war ein so genannter »Überläufer«. Das heißt, er verdiente sein Brot nicht das ganze Jahr über als Seemann, sondern nur in der Heringszeit, von Ende Mai bis ungefähr Ende Dezember. Das restliche Jahr über arbeitete er in Böttchereien oder half bei der Fangverarbeitung. In seiner Freizeit flocht er Körbe, ein Handwerk, das er von seinem Großvater gelernt hatte. Arend hatte jung geheiratet, seine Frau Aaltje war die Tochter des Hufschmieds Jan Dubbelaar, den das Pferd des Torfhändlers kurz nach der Jahrhundertwende am Strand zum Krüppel getreten hatte. Arend und Aaltje hatten fünf Kinder und bewohnten ein ärmliches kleines Haus am Kanal.
Früher, vor seiner Bekehrung, hatte Arend einen lockeren Lebenswandel geführt. Wenn Gott nicht eingegriffen hätte, dann wäre es ihm genauso ergangen wie seinem früh verstorbenen Vater, das sagte er selbst. Im Winterhalbjahr, wenn er nicht zur See fuhr, saß er abends lieber im Albatros als zu Hause bei Frau und Kindern. In die Kirche ging er selten.

Nicht dass die Falkeniers allesamt so gottlos gewesen wären, das gewiss nicht. Arends Mutter galt als gottesfürchtige Frau und hatte ihn als Kind eifrig in den Wegen des Herrn unterwiesen. Aber kaum war Arend den Kinderschuhen entwachsen, schlug er ihre weisen Lehren und Ermahnungen in den Wind und kümmerte sich nicht mehr um seine unsterbliche Seele.

So begann er damals allerlei übernatürliche Kunststücke vorzuführen, die die Leute in Erstaunen versetzten. Er schien mit seinen scharfen Augen in ihre Köpfe eindringen, ihre Gedanken lesen und sie sogar beeinflussen zu können. In der Kneipe ließ er manchmal gewöhnliche Gegenstände wie Aschenbecher und Biergläser bleischwer werden. Als er noch auf der *Beharrlichkeit* fuhr, soll er einmal den Spireep, an dem normalerweise an die neunzig Netze hängen – insgesamt etwa dreitausend Kilo schwer –, mit zwei Fingern so fest angezogen haben, dass er beinahe gerissen wäre. Ein andermal soll er bei schwerem Seegang einen ausrauschenden Reep mit einer Hand abgestoppt haben. Niemand konnte diese Wundertaten begreifen, und er selbst wollte nichts darüber sagen. Er grinste nur und genoss die Bewunderung, die er mit seinen Kunststücken erntete.

Sein gottloser Lebenswandel nahm, wie er selbst sagte, ein abruptes Ende, als der Herrgott ihn mit fester Hand bekehrte. Da war Arend erst einundzwanzig Jahre alt.

Kurz zuvor hatte er seinen besten Freund, Koos Oudshoorn, verloren, im Dorf auch als Koos von Jaap de Lap bekannt. Koos hatte Diphtherie bekommen und war am eigenen Schleim erstickt. Arend hatte das Leiden und Sterben des Freundes aus nächster Nähe miterlebt und an dessen Sterbebett unauslöschliche Eindrücke von Tod und Ewigkeit gewonnen. Bei der Beerdigung hatte er geweint wie ein Kind, tagelang war er untröstlich gewesen; ja, er soll sogar die Faust gegen den Himmel erhoben und den Herrgott aus tiefster Seele verflucht haben.

Ungefähr eine Woche nach der Beerdigung ging er eines Abends wieder in den Albatros, fand aber diesmal, so viel er auch trank, nicht die Zerstreuung, die er suchte. Noch vor der Polizeistunde ging er wieder. Er lief zum Strand, stand betrunken, mit Tränen in den Augen im Wind. Während er im Dunkeln aufs Meer hinausstarrte, dachte er an Koos Oudshoorn, der am Ort der ewigen Finsternis, im nie erlöschenden Feuer der Hölle ausharren musste. Er empfand tiefe Traurigkeit, aber auch eine giftige Wut auf den Allerhöchsten, der Koos zu einem so bitteren Schicksal verdammt hatte.

Plötzlich bewegte sich etwas in den Wellen. Voller Entsetzen sah er, wie sein toter Freund sich aus der Brandung erhob. Schwebend hing Koos über dem Wasser, die Hände abwehrend nach ihm ausgestreckt, als wolle er ihn zurücktreiben, fort vom Meer, vom Strand. Arend hörte ihn rufen und jammern, konnte ihn aber nicht verstehen; schließlich wies Koos mit dem Finger warnend zum Unheil verkündenden Himmel hinauf. Arend sah hoch, konnte aber nichts entdecken; im gleichen Augenblick spürte er, wie eine starke Hand alle Kraft aus seinem betäubten Körper zog. Er fiel vornüber in den Sand, außer Stande, sich wieder aufzurichten. Man fragt sich natürlich – auch wenn es vielleicht unangebracht ist –, wie betrunken er wohl gewesen sein mag. Er selbst erinnert sich, dass plötzlich eine Stimme in seinem Kopf ertönte. Eine Stimme, die ihn mit all den züchtigenden Bibelsprüchen bedrängte, die er als Kind von seiner Mutter gehört hatte. Wie gelähmt lag er unter dem Urteil seines Himmlischen Richters da und fühlte die eisige Kälte der ewigen Verdammnis auf sich herabsinken. Er schrie um Gnade und um Rettung für seine arme Seele, denn er wusste, dass er so, ohne wahrhaftige Bekehrung, nicht weiterleben konnte. Mindestens eine Stunde lang lag er in äußerster Seelennot wie ein nichtiger Wurm im Sand, bis es dem Herrn gefiel, ihm seine Kräfte wiederzuschenken. Er humpelte nach Hause und verkroch sich in einen Sessel, und bis zum nächsten Tag war nichts mit ihm anzufangen.

Seit jener Nacht seiner rigorosen Bekehrung setzte er keinen Fuß mehr in den Albatros. Mit seinen alten Kneipenbrüdern wollte er nichts mehr zu tun haben, er suchte fortan die Gesellschaft der Gottesfürchtigen. Der Herr hatte ihm innere Ruhe geschenkt, sonntags ging er getreulich zwei Mal in die Kirche. Überdies wohnte er, sooft er konnte, den Versammlungen einer Gemeinschaft bei, die sich samstagabends in dem kleinen Saal hinter der Milchbar Casa Cara traf.

Dort machte er mit seinen Bekenntnissen gewaltigen Eindruck. Immer wieder schien der Herr neue Wunder an seiner Seele zu wirken, und selbstsicher, mit heftigen Gebärden und kräftiger Stimme berichtete er davon. Sein Verhältnis zu Gott war so innig, dass es selbst den Auserwählten der Gemeinschaft, die sonst sehr vor Einbildung und Eigenlob auf der Hut waren, die Sprache verschlug. Abend für Abend las Arend in der Bibel und studierte auch die alten Schriften. Wortgewandt, wie er war, hatte er schon bald auf alle Glaubensfragen eine Antwort. Was den Weisen und Klugen verborgen blieb, schien sich Arend zu offenbaren.

Anscheinend wollte Gott der Bevölkerung von Zeewijk ein Zeichen für die Wahrhaftigkeit von Arends Bekehrung geben: Erzvater Jakob hinkte seit seinem Ringkampf bei Pnuël und Saulus aus Tarsus wurde auf dem Weg nach Damaskus blind – Arend dagegen musste ein anderes körperliches Gebrechen ertragen: er wurde kahl. In weniger als zwei Monaten verlor er alle Haare. Jede weitere Nacht des Kampfes gegen den Satan und seine eigene alte Natur bescherte ihm neue Haarbüschel auf dem Kissen. Erst als alle Haare ausgefallen waren, schenkte Gott ihm eines Nachts die Gewissheit, dass er auserwählt sei, und Frieden kehrte in sein Gemüt ein. Die Schuld war beglichen, in unglaublich kurzer Zeit hatte er alle Stationen auf dem normalerweise so mühsamen Weg der göttlichen Rechtfertigung durchlaufen. Für jedermann im Dorf war seine Glatze der Beweis dafür.

Dennoch kostete es Arend am Anfang Mühe, das von Gott gegebene Zeichen in Dankbarkeit anzunehmen, denn mit seinem kahlen Kopf sah er auf einmal seinem Vater zum Verwechseln ähnlich. Dieser war ein tyrannischer Mann gewesen, gegen den Arend als Kind einen tiefen stillen Hass gehegt hatte. Cor Falkenier kam von jeder Fahrt mit der gleichen blinden Wut zurück und genauso regelmäßig schlug er seine Frau und seine Kinder, besonders wenn er einen über den Durst getrunken hatte. Selbst seine Verwandten fanden ihn unausstehlich. An Geburtstagen und anderen Familienzusammenkünften konnte er jemandem lange aufmerksam zuhören, um dann unvermittelt mit ein paar höhnischen Bemerkungen alles und jeden niederzumachen. Er schikanierte und demütigte seine Kinder, allen voran Arend, wohl, weil der Junge ihm so ähnlich war. Erst wenn Cor Falkenier wieder auf See war, kehrte für etwa sechs Wochen Ruhe in die Familie ein, aber nie gänzlich. Das Porträt des Vaters auf dem Kaminsims sah jeden kindlichen Verstoß gegen das strenge Reglement, und seine Heimkehr rückte von Tag zu Tag näher.

Wer Arend in seiner Jugend gekannt hat, erzählt, er sei ein stilles schüchternes Kind gewesen, das wenig Freunde hatte. Er sei vornübergebeugt gegangen und habe immer zu Boden geblickt, wie um sich im Voraus für seine ungewöhnlich lange, kräftige Statur zu entschuldigen.

Auch Arends Mutter hatte schwer unter ihrem gefühllosen Mann zu leiden. Einmal soll sie zwei Kirchenälteste gebeten haben, ihren Gatten ernsthaft zu ermahnen und an das eine, das Not tue, zu erinnern, doch Cor Falkenier hatte die beiden Brüder so unsanft vor die Tür gesetzt, dass sie blutend, mit geprellten Rippen zum Arzt gebracht werden mussten. Das war Cor teuer zu stehen gekommen: Er wurde verhaftet und saß eine ganze Woche auf der Polizeiwache. Kein Zeewijker Schiffer wollte ihn mehr an Bord nehmen, was seinen Groll und seine Wut nur noch steigerte. Monatelang saß er arbeitslos zu Hause herum, und seine Familie litt Armut. Erst gegen Ende der

Heringssaison gelang es ihm, auf einer Noordwijker Plattbodenschute anzuheuern, allerdings nicht zu der Fangbeteiligung, auf die er angesichts seiner Erfahrung Anrecht gehabt hätte.

Cor Falkenier starb bereits in seinem dreiundvierzigsten Lebensjahr. Vielleicht konnte sein Herz die ungeheure Wut, die in ihm tobte, nicht mehr verkraften. Arend war damals gerade vierzehn Jahre alt.
Man erzählt sich, Arends Mutter sei mitten in der Nacht aufgewacht und habe den schon kalt und steif gewordenen Körper ihres Mannes, dessen Arm um ihre Taille lag, neben sich gefühlt. Mühsam habe sie sich aus der kühlen Umarmung befreit. Der Totengräber und sein Geselle hatten am folgenden Morgen mit bedenklichem Gesicht auf den starren Körper im Alkoven geblickt, denn Cor Falkenier war mit abgewandtem Kopf, angezogenen Knien und einem ausgestreckten Arm in die Ewigkeit eingegangen, und so passte er nicht in den Sarg. Sie forderten daher die Witwe auf, mit ihren Kindern so lange in der Küche zu warten, sie müssten noch etwas »korrigieren«. Doch Arend, so jung und scheu, wie er war, weigerte sich hartnäckig, das Zimmer zu verlassen. Da es unziemlich war, sich in Gegenwart eines Toten zu streiten, ließen sie ihn schließlich gewähren und machten sich behutsam an die Arbeit. Dem jungen Arend anscheinend zu behutsam, denn als es ihnen beim ersten Versuch nicht gelang, die erstarrten Gliedmaßen zu brechen, schob er sie resolut zur Seite, packte den ausgestreckten Arm seines Vaters und zog ihn mit einem solchen Ruck herunter, dass der

Knochen brach. Anschließend soll er auch noch angeboten haben, den Kopf gerade zu rücken und die angewinkelten Beine zu zerschlagen.
Nach der Beerdigung verlor Arend rasch seine Schüchternheit. Er ging aufrecht und drängte den Menschen fortan seinen intensiven Blick auf. In kurzer Zeit entwickelte er sich zu dem großspurigen Fantasten, der er sein Leben lang bleiben sollte.

***

Im Frühjahr 1913, zwei Jahre vor der tragischen Reise der *Noordster*, ging ich an einem Freitagnachmittag zum Flickfeld in den Dünen, um Janneke Harteveld, das Mädchen, mit dem ich gerade ein festes Verhältnis angefangen hatte, abzuholen. Es war ein wunderschöner Frühlingstag, und darum waren die Netzflickerinnen von den stickigen Dachböden in den Flickhäusern aufs offene Feld in den Norddünen gewandert. Ich war auf eine hohe Düne hinter dem Entwässerungskanal geklettert und sah die Mädchen mit den Netzen im Schoß in einem großen Kreis in der Sonne sitzen. Sie lachten viel, neckten sich, doch sobald die Stimmung allzu ausgelassen zu werden drohte, stimmten sie fromm einen Psalm an, denn Wijntje Hus, die gottesfürchtige, korpulente Vorarbeiterin, duldete nicht allzu viel Übermut. Ich gab mir Mühe zu verstehen, worüber die Mädchen redeten, doch der Ostwind trug ihre Stimmen fort.
Die Flickerinnen sahen mich nicht. Ich lag versteckt im Strandhafer und beobachtete Janneke mit angehaltenem

Atem. So lieb und schön war sie, dass es mir wie ein Wunder erschien, dass sie gerade mich ausgesucht hatte, wo ich doch so langweilig war und alles so schwer nahm. Außerdem war ich vier Jahre älter als sie, ein frühreifer Gymnasiast, ein »feiner Herr« in den Augen der anderen Dorfbewohner, noch dazu mit einer Vorliebe für so etwas Zweifelhaftes wie Dichtung. Ich erinnere mich, dass ich einmal ein paar Gedichte von Hölderlin für Janneke übersetzt und sie ihr an einem Nachmittag in einer Dünenmulde vorgelesen habe. Sie musste weinen – nicht vor Rührung, sondern weil sie nichts verstand und Angst hatte, ich könnte sie dumm finden. Janneke brauchte keine großen Worte. Sie machte jegliche Dichtung überflüssig. Ich stand kurz vor dem Abschluss und wollte um ihre Hand anhalten, sobald ich mit der Schule fertig war.

Während ich dalag und wartete, hörte ich Schritte auf dem Dünenweg. Ich sah mich um und erkannte Arend von weitem an seiner Glatze, seiner vierschrötigen Gestalt und seinem langsamen, schaukelnden Seemannsgang. Wir wohnten damals an der Meerburglaan und seine Familie am Fuß der Anhöhe unweit des Kanals, so dass ich ihm regelmäßig auf der Straße begegnete. Bis zu diesem Zeitpunkt hatte ich noch nie ein Wort mit ihm gewechselt. Als Kind hatte ich mich vor ihm gefürchtet. Mein Vater, der Polizeirat war, hatte ihn einmal, allerdings mit einer Spur von Respekt in der Stimme, einen sonderbaren Betbruder genannt. Vor großen, unberechenbaren Betbrüdern, die auf Erwachsene Eindruck machten, hatte ich als Kind Angst.

Auch jetzt wieder fühlte ich mich nicht wohl, als ich Arend erblickte. Diesmal, weil ich fürchtete, er würde denken, ich schielte nach den Netzflickerinnen. Ich nahm meine Tabaksdose aus der Hosentasche, drehte mir scheinbar gleichgültig eine Zigarette und wartete, dass er vorbeiginge. Doch das Klappern seiner Holzschuhe auf dem gepflasterten Dünenweg verstummte und ich sah auf. Breitbeinig stand Arend unten an der Düne, das Gesicht zu mir erhoben, die Hand zum Schutz gegen die Sonne über den Augen.

»Darf ich dich was fragen?«

Aus Angst vor einer Zurechtweisung stieg ich zu ihm hinunter, doch als ich vor ihm stand, schien ihn ausschließlich die Tabaksdose in meiner Hand zu interessieren.

»Hast du vielleicht einen Priem für mich? Ein Eckchen nur, geht das?«

Schüchtern hielt ich ihm meine Tabaksdose hin. Mit Daumen und Zeigefinger zog er etwas Tabak heraus und steckte ihn sich hinter die Backenzähne. Langsam kauend beugte er sich zu mir und sagte: »Ich hab es gehört, das von deinem Onkel Ger. Ist ja schlimm.«

Mein Onkel Ger war wenige Wochen zuvor nach langem Krankenlager an der Schwindsucht gestorben. Ein herzlicher, stets etwas verlegen wirkender Mann, der wahrscheinlich wegen seiner ziemlich unmännlichen Sensibilität nie geheiratet hatte. Ich hatte ihn besonders gern gemocht. Dass Arend wusste, dass ich Gers Neffe war, wunderte mich, obschon in unserem Dorf natürlich jeder jeden kannte. Vielleicht hatte ich erwartet, dass man einander unbekannt blieb, wenn man sich auf der Straße nicht grüßte. Jedenfalls kannte er unsere Familie besser, als ich dachte.

Arend schien meine Gedanken zu erraten. »Als Kind bin ich mit ihm gefahren, wusstest du das? Auf der *Beharrlichkeit* vom alten Willem Kraaijenoord. Ja, 's ist ein großer Verlust. Wie trägt es denn deine Mutter, wenn ich fragen darf?«
Erleichtert klopfte ich mir den Sand von den Kleidern.
»Ganz gut«, sagte ich. »Wir wussten es ja schon lange. Er war seit Monaten sehr krank.«
»Wie alt ist er geworden?«
»Zweiundvierzig. Nächsten Monat wäre er dreiundvierzig geworden.«
»Und?«, fragte er ernst. »Gibt es denn für deinen Onkel Ger eine Hoffnung auf die Ewigkeit?«
Arends Gesicht glänzte von Schweiß. Ich wusste nicht so recht, was ich antworten sollte. Innerlich empörte mich seine unverschämte Frage. Für diesen vermeintlichen Mann Gottes mit seinen gewichtigen Kirchendogmen und Glaubenssätzen war alles so einfach. Ein Ja oder Nein bedeutete so viel wie gut oder böse, Himmel oder Hölle, ewige Seligkeit oder ewige Verdammnis. Hatte das Leben meines Onkels einen Sinn gehabt oder wäre es besser gewesen, er wäre nie geboren worden? Denn viele sind berufen, aber wenige auserwählt, so steht es geschrieben, und deshalb war nach der Überzeugung von Männern wie Arend die Mehrzahl der Menschheit – einschließlich vieler mir wertvoller Menschen in meinem Verwandten- und Bekanntenkreis – dazu verdammt, am Ort des Jammers und des Zähneknirschens in alle Ewigkeit vom Feuer verzehrt zu werden. In Seiner unergründlichen Weisheit hatte Gott schon lange vor der Erschaffung der Welt be-

stimmt, wen Er bekehren und wen Er in seinem ewigen Ratschluss übergehen würde. Damit hatten sie sich abgefunden, das würde schon gerecht sein.

Ich wusste, dass Onkel Ger unbekehrt gestorben war, obwohl er regelmäßig in die Kirche ging und sehr gläubig war. War er in Gottes Augen ein schlechter Mensch gewesen? So schlecht, dass er in die Hölle musste? Außerdem konnte der Mensch sich ja gar nicht selbst bekehren, das konnte doch nur Gott. Weshalb hätte Onkel Ger dann so eine grauenhafte Strafe verdient?

»Ich meine, wir sollten dem Herrn das Urteil überlassen«, sagte ich kurz angebunden.

»Aber hat er auf seinem Sterbelager noch was gesagt? Er hat doch bestimmt noch etwas gesagt!«

Von meinen Eltern wusste ich, dass Onkel Ger einen schweren Todeskampf gehabt hatte, doch darüber schwieg ich wohlweislich, das ging Arend nichts an.

»Ich bin nicht dabei gewesen, das weiß ich nicht.«

Arend spie einen Strahl Tabaksaft aus und kratzte sich unterm Pullover. »Nun ja, 's ist, wie du sagst, wir müssen es dem Herrn überlassen«, seufzte er. »Er ist schließlich der wahre Herzenskenner und Nierenprüfer.«

Enttäuscht, weil ich ihm eine Sterbebettgeschichte vorenthalten hatte, gab er mir meine Tabaksdose zurück. Er grüßte und setzte seinen Weg fort. Ich wartete, bis er verschwunden war, dann stieg ich wieder auf meine Düne hinauf.

Auf dem Flickfeld hatten die Frauen inzwischen die Netze zusammengefaltet. Ihr Arbeitstag war zu Ende. Sie sangen noch einen letzten Psalm, und ihr Gesang schallte über das ganze Feld: »HERR, deine Güt' und Wahrheit steht, so hoch und weit der Himmel geht.« Ich dachte an Onkel Ger und blickte trübsinnig über die Düne zu den Schleusen des Kanals, dorthin, wo der Rhein, durch die lange Reise träge und dünn geworden, ins Meer fließt. Einst verlief dort die Nordgrenze des Römischen Reiches; einst war Willibrord dort an Land gegangen; irgendwo, unweit der Stelle, an der ich saß, hatte er die heilige Eiche gefällt – doch in unserem frommen Dorf fand sich nirgends ein Gedenkstein, der daran erinnert hätte. Denn das, was Willibrord gepredigt hatte, war die falsche Lehre aus Rom gewesen.

Als die Netzflickerinnen zu Ende gesungen hatten, lief ich die Düne hinunter und winkte Janneke. Froh rannte sie zu mir und drückte sich an mich, während die frechen Möwen sich auf das Flickfeld stürzten.

Und das ist alles, was mir von meinem ersten Gespräch mit Arend in Erinnerung geblieben ist. Wie gesagt: Im Sommer des Jahres 1916 sollte ich ihn noch einmal wiedersehen.

Es ist Samstagabend, drei Tage vor dem Auslaufen der *Noordster*; Arend steht vor der Wohnung Gijs Kuijts, des früheren Vorsängers der Grote Kerk, um einer Versammlung der Gemeinschaft beizuwohnen, der er inzwischen schon seit sechs Jahren angehört. Meistens trifft man sich im Zimmer hinter der Milchbar Casa Cara, doch der Besitzer, ein Neffe Gijs Kuijts, hat es heute Abend dem Vorstand eines Gesangsvereins vermietet, so dass die Gemeinschaft in das Haus an der Hessenstraat ausweichen muss.

Der Tag war heiß; Arend hat sich gerade in der Wanne gewaschen und fühlt sich sauber und fromm mit seiner Taschenbibel, die er fest an sich drückt. In den die Straße säumenden Bäumen zwitschern die Vögel aus Leibeskräften, wie um dem Schwinden des Lichtes Einhalt zu gebieten. Er ist spät dran. In der Wanne hat er die Zeit vergessen. Zum Glück hat Aaltje an die Küchentür geklopft und ihn zur Eile gedrängt.

Die Haustür ist nur angelehnt und er geht hinein. In der Diele steigt er aus seinen Holzschuhen und nimmt die Mütze ab. In dem Augenblick stimmt die Gemeinde drinnen gerade einen Psalm an. Ehrfürchtig wartet er, bis sie fertig sind, dann betritt er das Zimmer.

Etwa fünfzehn Augenpaare blicken auf, als er die Tür öffnet, und einen Moment lang ist es ganz still. Der Raum ist dämmrig. Die Vorhänge sind geschlossen, die Lampe brennt, die sündige Welt ist ausgesperrt. Um den Tisch in der Mitte des Zimmers sitzen die, von denen man weiß, dass sie auserwählt sind. Vier an der Zahl, unter ihnen Neeltje Ros, eine asthmatische Witwe mittleren Alters. Um sie herum, auf von überall hergeholten Stühlen, sitzen die »Bekümmerten«, die weniger tief in die Geheimnisse eingeweiht sind. Viele müssen sich damit abfinden, dass sie des großen Heils noch ermangeln, doch können fast alle Anwesenden bezeugen, dass sich der Herr ihrer Herzen angenommen hat.

Wer nie einer solchen Versammlung beigewohnt hat, den würde beim Betreten dieses Zimmers die schwermütige Stimmung, die dort herrscht, wahrscheinlich überwältigen. Unbehaglich würde er in all die ernsten Gesichter sehen; verwundert würde er sich die Gespräche in der archaischen, blumigen Sprache anhören, die unlösbar mit dem erwecklichen Glauben verbunden ist: die Sprache Kanaans. Rasch würde ihm klar werden, wem in der Gemeinde die himmlische Herrlichkeit zugeordnet wurde, denn hier führen vor allem die Auserwählten das Wort. Mit ihren für Außenstehende oft pathetisch klingenden Herzensergüssen und Berichten von seelischen Kämpfen und Anfechtungen durch den Satan – eine Geschichte erstaunlicher als die andere, so dass man, wenn man es nicht besser wüsste, meinen könnte, sie suchten einander an Frömmigkeit zu übertreffen – bestätigen sie ständig ihren außerordentlichen Status.

Arend steht ein wenig verloren da und blickt um sich. Neeltje Ros winkt ihm: »Komm, Arend, hier ist noch ein Platz frei.«

Ein Stuhl wird herübergereicht und Arend setzt sich neben Neeltje an den Tisch. Eine Bibel mit Messingschlössern liegt aufgeschlagen zwischen zwei Kaffeekannen. Neeltje freut sich, ihn zu sehen. Sie legt ihre Hand auf seine und kneift ihn ein wenig. Wie immer riecht sie sehr angenehm, denn sie hat die zwanghafte Angewohnheit, sich Gesicht, Hals und Hände mit Spitzentaschentüchern zu reinigen, die sie mit Duftwasser beträufelt. Eine städtische Gepflogenheit, die jedoch gut zu ihr passt.
Gijs Kuijt schlägt vor, jetzt, wo Arend auch da ist, noch einen Psalm zu singen, und fragt, ob einer einen Vers auf dem Herzen hat. Daraufhin bittet Jan Souverijn vom Waisenhaus, man möge den fünfundsechzigsten Psalm singen, den über die Sündenschuld, die uns darniederwirft. »Denn«, sagt Jan schüchtern, »es hat sich mir diese Woche wieder bestätigt, dass der Herr in die verborgensten Winkel des Herzens blicken kann. Nichts, aber auch nichts bleibt seinem allsehenden Auge verborgen, das hab ich alles so wunderbar erleben müssen. Wenn's geht, hätt ich gern, dass wir zusammen davon singen.«
»Ist gut, Jan«, sagt Gijs, »'s ist ein köstlicher Vers. Psalm fünfundsechzig, die zweite Strophe, nicht?« Er wartet, bis das Geraschel der Gesangbücher aufhört. »Sind wir alle so weit?«
Zögernd stimmen sie den Psalm an. Die Männer lehnen sich zurück, falten die Hände auf dem Bauch und singen, als seien sie draußen auf dem Meer: äußerst langsam, mit langen, nasalen Tönen, ihre Stimmen wie schwerfällige Wogen, die sich träge heben und senken, von Ton zu Ton, von Silbe zu Silbe. Mit geschlossenen Augen werden sie

eins mit der imaginären See, auf der ihre singenden Körper sich wiegen:

Die Sündenschuld warf uns darnieder
und drückte, ach, wie schwer!
Doch du vergibst und stellst uns wieder
durch deine Gnade her.
Wohl deinem Volke, dem du schenkest,
zu nahen deinem Thron,
und dessen du in Huld gedenkest,
dass es dir nahe wohn!

In der Stille, die nach dem Gesang eintritt, gehen sie wieder an Land. Arends Knie lehnt an Neeltjes Oberschenkel, sie aber scheint es nicht zu bemerken. Er rückt seinen Stuhl näher an den Tisch heran und legt die Hand auf die aufgeschlagene Bibel. Sicherheitshalber zieht er das Bein wieder zurück.
»Wir wollen den Herrn um seinen Segen bitten«, sagt Gijs Kuijt und wendet sich an Rein Verdoes, der am oberen Tischende sitzt. »Rein, möchtest du ein Gebet sprechen?«
Der alte, schmächtige Mann, der wegen ständiger Entzündungen im Kreuz am Stock geht, zuckt bei dieser Aufforderung zusammen. Seine Hände umklammern das Käppchen in seinem Schoß und sein Gesicht nimmt einen schmerzlichen Ausdruck an. Mit zitternder Stimme beginnt er zu beten.
»O selbstgenügsames, glückseliges, unveränderliches, teures Wesen im Himmel. So suchen wir in dieser Abend-

stunde Dein heiliges Angesicht und erflehen Deinen Segen für diese unsere Versammlung. Ach, Herr, Du hast selbst gesagt, dass da, wo zwei oder drei in Deinem Namen beisammen sind, Du auch sein willst, und obwohl wir es nicht wert sind, dass Du bei uns einkehrst, möchten wir Dich dennoch bitten, gnädig auf uns herniederzuschauen und den Bösen von uns fern zu halten, auf dass alles, was wir an diesem Abend tun und sagen, Deinem nimmer genug gepriesenen Namen zu größerer Ehre und Herrlichkeit gereichen möge …«

Arends Gedanken schweifen ab. In der Wanne hatte er sich vorgenommen, von der segensreichen Reise der *Noordster* zu erzählen. Wie Gott sich seiner in den vergangenen Wochen als Werkzeug hat bedienen wollen, wie er, Arend, der Schiffsbesatzung den Samen des Wortes ins Herz gesenkt hat. Sogar beim Holen und Aussetzen der Fleet war er von der Herrlichkeit Gottes so erfüllt, dass er sprechen musste. Und dann war es gewesen, als spreche nicht er, sondern Gott selbst durch ihn zu seinen Gefährten. Männer wie Gerrit Boezaard, Leen Guyt und Hans Vooijs waren von seinen Worten ergriffen, und sogar Schiffer Kromhout, der zwar kein Bekehrter, aber doch demütig ist, fing an, sich ernsthaft um die eigene Seele zu sorgen. Geheiligte Stunden hat er erlebt, gewiss, besonders vergangenen Sonntag, als der Schiffer ihn bat, an seiner statt den Gottesdienst abzuhalten. Da hat er eine Predigt von Ledeboer vorgelesen, über die *ecclesia militans* und was ihr noch alles bevorsteht.

Mittwochnachmittag sind sie heimgekehrt, doch er ahnt, dass seine Aufgabe an Bord noch lange nicht erfüllt ist.

Am Dienstag fahren sie wieder aus, und dann wird Gott Sein Werk fortsetzen, darauf darf er hoffen.

Nach dem Gebet wird Kaffee serviert, und die Gespräche werden lebhaft. Gijs Kuijts Frau lässt eine Keksdose herumgehen. Während sie Plätzchen mit Hagelzucker und Zeewijker Brezeln knabbern, gedenken sie der Predigt des vergangenen Sonntagabend in der Ankerkerk. Die, die am Gottesdienst teilgenommen haben, tun ihre Beunruhigung über den geistigen Niedergang in Pastor Vughts Predigten kund. Kürzlich sei dieser altreformierte Pfarrer doch tatsächlich so weit gegangen, ganz unverblümt zu tadeln, wie es bei den Hausgottesdiensten der Gemeinschaften zugehe. Es würde mehr über »Ich« als über »Ihn« geredet, habe Pastor Vught gemeint, und er sei sogar so weit gegangen, die besonderen Erfahrungen der Gottesfürchtigen mit denen der katholischen Mystiker zu vergleichen. Seine bösartige Predigt habe in erwecklichen Kreisen für große Aufregung und Entrüstung gesorgt.
»Der Mann vertraut immer mehr auf Menschenwerk«, sagt Kees van der Niet tadelnd. »Aber, Leute, wenn Gott uns nicht seine erwählende Liebe zuteil werden lässt, ist alles vergeblich.«
Bram Oudshoorn zählt noch ein paar Beispiele großer Irrtümer von Pastor Vught auf und berichtet dann, er sei selbst in letzter Zeit wieder schrecklichen Anfechtungen des Satans ausgesetzt gewesen. Vor zwei Wochen noch, in der Nacht vor seinem einundfünfzigsten Geburtstag, sei er plötzlich aus dem Schlaf hochgefahren und habe sofort gewusst, dass in der Hinterstube etwas nicht stimme. Er

habe die Tür des Alkoven aufgedrückt, und tatsächlich den Teufel in der Zimmerecke sitzen sehen. Der hatte ihm weisgemacht, er, Bram, werde seinen Geburtstag am nächsten Tag zum letzten Mal feiern, er werde bald sterben, und dann sei er auf ewig verloren, denn sein Glaube sei nur Einbildung. Da habe er, Bram, beinahe an seiner Erwählung zu zweifeln begonnen, doch Gott sei eingeschritten, und auf einmal habe er eine solche Kraft von oben verspürt, dass er, allerlei Verwünschungen ausrufend, sein Kissen genommen und nach dem Teufel geworfen habe. Und durch Gottes Zorn, der Bram erfüllte, habe der Teufel fliehen müssen.

»Aber wie schwer es auch manchmal fällt, Leute, und wie heftig die Kämpfe auch sein mögen – ich weiß, der Herr wird nicht zulassen, dass mein Fuß wankt.«

Die anderen nicken und murmeln beifällig. So gut wie alle wissen aus eigener Erfahrung, wie listig und Furcht erregend der Satan sein kann, besonders jetzt, da das Ende der Zeiten so nahe ist. Jaap von Dirk de Tet hat ihn kürzlich noch nachts in der Gestalt eines Hundes auf dem Dünenweg gesehen, mit blitzenden Augen, brüllend wie ein Löwe. Und sie denken an Maart van Duijn, den sie immer für ein festes Gotteskind gehalten hatten – hatte der sich nicht am ersten Weihnachtsfeiertag auf dem Dachboden seines Hauses erhängt, nachdem der Satan ihn wochenlang bedrängt hatte? Wahnsinnig vor Angst, habe er den Einflüsterungen Folge geleistet und die unverzeihliche Sünde wider den Heiligen Geist begangen – das hatte er in seinem Abschiedsbrief geschrieben –, so dass er nun doch auf ewig verloren war.

Neeltjes Schenkel schmiegt sich an Arends Bein und wankt und weicht nicht. Die warme Berührung weckt ein starkes Lustgefühl in ihm, das er nur mühsam bezwingt.
Plötzlich verstummen die Gespräche. Aus einer Ecke des Raums ertönt lautes Schluchzen. Alle sehen sich nach Cobie Lodder um, einer zarten jungen Frau, die die Hände vors Gesicht geschlagen hat und unbändig weint. Sie wissen, dass Cobie schwer vom Herrn geprüft wird. Erstmals seit Monaten ist sie wieder in der Lage, einer Versammlung beizuwohnen, so schlimm war es um sie bestellt. Allerlei Gerüchte machen die Runde, doch obwohl alle neugierig sind, hat noch keiner gewagt, sie nach ihrem Zustand zu fragen.
Als Cobie sich etwas beruhigt hat, fängt sie zu erzählen an.
Krank sei sie gewesen. Krank an Leib und Seele. Obschon sie früher hoffnungsvolle Zeichen der Gnade habe empfangen dürfen, habe der Herr sich nach einiger Zeit doch wieder von ihr abgewandt. Endgültig, fürchtete sie, denn sie sei stolz gewesen und hoffärtig. Hin und wieder habe sie Seinen heiligen Zorn herniederfahren gefühlt. Die Sorge für Mann und Kinder sei ihr zu schwer geworden, sie habe keine Kraft mehr gehabt, sich im Alltag zu behaupten, denn es sei gewesen, als brenne ein Feuer in ihrem Inneren. Auf die Dauer habe sie kaum mehr essen und trinken können. Der Arzt sei gekommen und habe ihr stärkende Mittel verschrieben, aber ihre Seele habe weiterhin in großer Angst geschwebt, und ihre Familie sei ratlos gewesen. Unablässig habe sie Gebete zum Himmel geschickt. Solche Angst habe sie gehabt, unbekehrt dahin-

gerafft zu werden, dass sie vor Elend geschrien habe. Ihr Leben habe sich dem Ende zugeneigt, vor Schmerz und Verzweiflung sei sie fast dahingeschieden. Da sei sie eines Nachts plötzlich eines schwachen Schimmers von Christus ansichtig geworden. Und wo es bis dahin so dunkel gewesen sei, sei es auf einmal wohltuend hell geworden, denn Christus hatte sich ihr offenbart! Er streckte Seine Hand nach ihr aus und zog sie zum Himmel empor, um ihr einen kurzen Blick auf die Herrlichkeit Gottes zu gönnen. Und was sie da gesehen und erlebt habe! Sie wage immer noch nicht, davon zu sprechen, doch noch Tage danach sei sie bisweilen vor Freude ganz außer sich gewesen. Zum Erstaunen des Arztes habe sie wieder zu essen und zu trinken begonnen. Sie sei völlig erquickt und geheilt aufgestanden und habe sich gewaschen. Oh, ist es nicht ein Wunder?

Von neuem bricht sie in Tränen aus. Erwachsene Männer wischen sich mit der Hand über die Augen. Gewiss, ein Wunder ist geschehen und der Geist Gottes erfüllt das Zimmer.

Auch Arend ist tief beeindruckt. »Frau, auf dich kann ich neidisch werden«, sagt er zu Cobie.

Nur Neeltje Ros hat noch Einwände. Nach Arends Bemerkung nimmt der Druck ihres Oberschenkels wieder ab.

»Man muss vorsichtig sein«, meint sie. »Wenn Christus einen mit seiner Liebe umgibt, mag man schon manches Mal vor Glück und Herzensfreude singen, ich habe das selbst auch häufig erlebt. Aber Cobietje ist noch nicht am Ziel«, sagt sie und zupft am Tischtuch. »Christus war zwar bereit, eine Strecke Weges mit ihr zu gehen, das schon,

doch es ist für das liebe Kind zu hoffen, dass Er es eines Tages auch mit Gott versöhnt. Denn darum geht es, Leute, dass wir uns durch den Bürgen, den Mittler, mit Gott versöhnen. So lange das nicht geschehen ist … Oh, wenn es nur einmal einträfe, dass wir alle ganz ohne Gott im Leben stünden! Der Mensch kann so viel erlitten haben und sich dennoch betrogen sehen!«
Neeltje hat Recht, sie müssen vorsichtig sein. Und doch ist es offensichtlich, dass der Herr sich Cobies Seele angenommen hat. Ihre flehentlichen Bitten sind wie Räucherwerk vor Seinem Angesicht. »Ihr Blut, ihr Leiden, ihre Tränen sind Ihm von hohem Wert«, das ist gewiss.

Den Rest des Abends verbringen sie in ungewöhnlich heiterer Stimmung. Sie singen noch einen Psalm, und Teun van der Boon liest ein Stück aus der »Pilgerreise« von John Bunyan vor, das ihn sehr bewegt hat. Weitere religiöse Erfahrungen werden ausgetauscht. Selbstverständlich spricht man auch wieder über die Zeichen der Zeit.
Im Laufe des Abends wird Arend immer unruhiger. Er möchte so gerne von den großartigen Dingen berichten, die er an Bord der *Noordster* erlebt hat; aber er spürt, dass Gott ihm Schweigen auferlegt. Der Herr hat seinem Munde »eine Wache« vorgesetzt. (So hat er es zumindest den beiden Ärzten beschrieben, die im Auftrag des Untersuchungsrichters feststellen mussten, inwieweit er zurechnungsfähig war.) Ein Mal versucht er noch, sich dem Willen Gottes zu widersetzen, und flüstert Piet van Duijn, der ihm gegenübersitzt, zu, die letzte Fahrt sei so außerordentlich gewesen, aber als er ihm dann erklären will,

welche Segnungen ihm zuteil geworden sind, berührt der Herr seine Zunge, so dass er auf einmal nicht mehr die richtigen Worte finden kann und wie ein unmündiges Kind stammelt. Daraufhin gibt er es auf. Er entzieht sich den Gesprächen; was um ihn herum gesagt wird, bekommt er kaum mehr mit. In Gedanken ist er wieder an Bord der *Noordster*.

Als die Pendeluhr auf dem Kamin elf geschlagen hat, wird die Versammlung mit einem letzten Psalm und einem Dankgebet beschlossen. Einer nach dem andern verlässt das Wohnzimmer. Einige wenige reden noch kurz mit Cobie, die, von der Liebe Christi erfüllt, strahlend auf ihrem Stuhl in der Ecke sitzt. Auch Arend verabschiedet sich und geht aus dem Zimmer.

Im Halbdunkel der Diele plötzlich eine ausgestreckte Hand. Klaas Bent, einer der Auserwählten, blickt ernst zu ihm auf. Arend nickt ihm zerstreut zu, doch Klaas schüttelt ihm nachdrücklich die Hand und weckt ihn aus seiner Betäubung.

»Alles gut, Arend?«

»Alles geht so seinen Gang, Klaas.«

Er will weiter, aber Klaas hält seine Hand fest. Die forschenden Augen zwingen Arend, etwas zu sagen.

»Der Herr tut noch Wunder über Wunder«, bringt er heraus. »Auch ich habe Großartiges erlebt, Klaas. Nur kann ich darüber jetzt nicht viel sagen. Ich sollte mal wieder heimwärts, Aaltje geht's nicht so, eh … Es war ein segensreicher Abend, wirklich.«

Klaas' Gesicht nähert sich dem seinen, er legt Arend die Hand auf den Arm. Flüsternd, als ginge es um eine geheimnisvolle Offenbarung, an der ein Bruder den anderen teilhaben lässt, spricht er die scheinbar unbedeutenden Worte, die später an Bord der *Noordster* so kräftig in Arends Kopf nachhallen werden: »Der Herr ist mit dir, Arend.«

***

Arend geht durch die dunklen Straßen von Zeewijk. Er überquert den Sluisweg und steigt hinunter zu seinem kleinen Haus am Kanal. Dabei berät er sich mit dem Allerhöchsten.

»Ach, Herr«, murmelt er, »warum sollte ich nicht von den großen Taten sprechen, die Du vollbringst? Ist es, weil nach Deinem unerforschlichen Ratschluss noch viel größere Wundertaten geschehen werden?«

Der Himmel hüllt sich in Schweigen, Arend harrt vergeblich auf Antwort. Ab und zu rauschen die Linden, obwohl es fast windstill ist.

Er blickt nach oben. In der Ferne wartet ein Schiff auf ihn. Die Segel der *Noordster* sind gehisst, die Trossen losgemacht, und das Schiff droht abzutreiben. Seine Gefährten sehen ihn fragend an. Sie suchen seine Führung, denn das Ziel ist noch nicht erreicht. Es geht um Leben und Tod, er wird für sie eintreten in der Sprache Kanaans, der hehren Sprache Gottes, die nur Sein Volk voll und ganz versteht. Arend beherrscht sie wie kein anderer.

»Kleingläubig sind sie, Herr. Auch Schiffer Kromhout, doch ist er ein sanftmütiger Mensch, sei Du ihm gnädig, habe mit allen Nachsicht und gib, dass ihre Herzen nicht verstockt werden, denn es ist schrecklich, von Dir verstoßen zu sein. Das Meer ist voller Minen, und zwischen uns und dem Tod ist es nur ein Schritt. Noch bist Du nicht mit der Welt ins Gericht gegangen, aber das Ende ist nah und wir schwinden dahin. Drum übernimm Du das Ruder, gib mir die Kraft der Sprache wieder und verleihe meiner Zunge Macht.«

Klaas Bents ausgestreckte Hand. Seine ernsten Augen, der Blick des Einverständnisses. Klaas ist nicht der Mann, der von sich aus auf ihn zugehen würde. Weiß Klaas etwas, von dem er selbst noch keine Ahnung hat? Sollte der Herr ihm etwas angekündigt haben?

Er hört den Widerhall seiner Schritte in der stillen Straße und spürt einen unbestimmten Schauder, den er abzuschütteln versucht, indem er seine Holzschuhe mal lauter, mal leiser aufsetzt, abwechselnd schneller und langsamer geht. Es nützt nichts, seine Schritte klingen nur noch unheimlicher. Er wappnet sich mit Bibelstellen. »Groß bist Du in Zion«, murmelt er angsterfüllt. »Herrlich ist Dein Name in alle Ewigkeit. Du bist langmütig, reich an Güte. Wohin sollen wir gehen? Hast Du doch die Worte des ewigen Lebens.«

Mitten auf der Böschung bleibt er erschrocken stehen. Er spürt, dass hinter ihm etwas ist. Etwas Grauenhaftes, das wutschnaubend durch die Dunkelheit auf ihn zu stürmt. Das sich auf ihn stürzen und ihn zu Boden werfen will.

Mit einem Ruck dreht er sich um – und im Nu ist die Gefahr verschwunden. Wieder ist er ihr zuvorgekommen, die Straße ist leer. »Geh weg«, zischt er. »Geh weg von mir, du Satan!«

Hastig läuft er weiter, seine Taschenbibel ans laut klopfende Herz gedrückt. Die Häuser belauern ihn, die Schatten der Nacht wiegen sich auf seinem Tritt. »Gib mich nicht in den Willen meiner Feinde«, flüstert er ängstlich. »Ich werde dich nie verleugnen, Deine Gnade erfüllt mich.«

Unter der Anhöhe liegt der Kanal. Arend ist fast zu Hause. Am Kai ruhen Seite an Seite die Schiffe. Spinnengewebe aus Masten und Tauwerk heben sich gegen den nächtlichen Himmel ab. Die Werften, die Teer- und Holzlager und die Böttchereien liegen verlassen da, aber Arend wähnt sich noch immer von unsichtbaren Augen beobachtet. Der Kanal gluckert und schimmert.

Auf einem Damm hinter einer Werft, zwischen krumm und schief stehenden Häusern, hält er vor seinem Haus an. Er reißt die Tür auf, und erst, als sie hinter ihm zugefallen ist, fühlt er sich sicher.

Er atmet auf und steigt aus seinen Holzschuhen. Auf Zehenspitzen geht er über den knarrenden Fußboden ins Hinterzimmer, wo Aaltje, seine Frau, im Alkoven auf ihn wartet. Sie richtet sich halb auf und nickt ihm zu.

Rasch kleidet er sich aus. In der Wiege schläft ihr Jüngstes, Huibertje, gerade erst fünf Monate alt.

Arend klettert über seine Frau hinweg in den Alkoven.

»Wie war's?«, flüstert Aaltje.

»Gut.«

»Mann, du bist ja ganz nass geschwitzt!«

Arend seufzt müde. Er legt die Arme um Aaltje und faltet seine Hände zwischen ihren Brüsten.

»Ich bin so müde, Aaltje, ich hab keine Lust zu reden.

Komm, wir müssen noch beten, und dann wollen wir schlafen.«
Während er betet, streichelt sie seinen Arm. Er flüstert die Worte an ihrer Wange und riecht ihre Haut, spürt ihre Wärme, denkt an Neeltje Ros und ihren aufdringlichen Schenkel. Er wehrt sich nicht gegen die heftige Erregung, die ihn erfasst. In zwei Tagen beginnt wieder eine lange Reise, und eine große Aufgabe erwartet ihn; Aaltje und er werden einander viele Wochen lang entbehren müssen. Begierig eilt er dem Ende des Gebets zu.

***

Der nächste Morgen ist ein Sonntag; und lange vor dem Läuten der Kirchenglocken ist das Dorf schon erwacht. Die Zeewijker essen ihre Grütze und lesen aus der Bibel, dann holen sie die Sonntagskleider aus dem Schrank. Die Männer tragen schwarze Anzüge aus feinem Leinen oder Bombassin, die Frauen ziehen die traditionelle Kleidertracht noch der modernen Kleidung aus den Läden der Speksnijder, Schuitemaker und Poot vor und schmücken sich mit glänzenden Kopfreifen, Spitzenhauben, goldenen Ohrringen, Perlennadeln, Granatketten und bunten Flanellröcken. Steif schreiten sie durch ihre kleinen, niedrigen Häuser. Schneeweiße Holzschuhe, so weiß wie früher die Mauern der Oude Kerk, stehen fein säuberlich an der Hintertür aufgereiht. Fliegen und Mücken tanzen durch die Zimmer. In der Baljuwstraat stolpert Jan Aandewiel von der Hendrika Catherina über einen Treppenläufer und bricht sich den Arm, weshalb er nicht mit hinausfah-

ren kann und seine Familie die kommenden Monate Armut leiden wird.
Die Kirchenglocken beginnen zu läuten, und das Dorf stimmt ein: bim, bam, bim, bam, »O schöner Tag« bim, bam, bim, bam, »und noch viel schönre Stund'«, bim, bam, bim, bam, »wann wirst du kommen schier«. Überall öffnen sich Türen, die Zeewijker ziehen in einem fröhlichen Zug durch die Straßen zu den verschiedenen Kirchen und Kirchlein – die meisten in die Grote Kerk an der Voorstraat. Am Kirchentor treffen sie Verwandte und Bekannte, mit denen sie noch schnell ein Schwätzchen halten.
Gestern Nacht sei in einem Zimmer im Hotel Zeezicht Feuer ausgebrochen. Ein betrunkener Badegast sei mit einer brennenden Zigarre eingeschlafen. Sein Bett habe lichterloh gebrannt, die Wände seien schwarz vor Ruß gewesen, und genauso gut hätte es Tote geben können. Jan Meyvogel, der Besitzer, habe den Gast ohne Pardon mitten in der Nacht an die frische Luft gesetzt.
Und im Biergarten am Hogeweg sei es gestern Abend wieder zu einer Rauferei gekommen. Jungs von der Gasfabrik gegen Jungs aus dem Norden. In letzter Zeit sei da fast jede Woche die Hölle los.
Und dann sei der Sohn von Notar Verheul, der seit kurzem Sportfliegerei betreibe, Freitagnachmittag eine gute Stunde lang in einem Doppeldecker über dem Dorf gekreist und habe – wahrscheinlich absichtlich – die Beerdigung von Kees, dem Leuchtbakenheizer, gestört. Während die Trauernden um das Grab standen und der Pfarrer von dem neuen Himmel und der neuen Erde sprach, sei der junge Draufgänger plötzlich aus dem altbekannten Him-

mel aufgetaucht und tief über den Friedhof geflogen, geradewegs auf den Turm der Grote Kerk zu. Das habe er nicht ein Mal, sondern mindestens drei Mal getan, um dann nach Scheveningen weiterzufliegen, wo er in der Nähe des Strands landete und in aller Gemütsruhe ins Kurhaus spazierte, weil er so durstig geworden war.
Die Zeit drängt, der Gottesdienst fängt gleich an, und sie müssen sich an ihre Plätze begeben. Die nächsten anderthalb Stunden werden sie sich der verbalen Züchtigung von Pastor Waalkamp gehorsam unterwerfen. Erhobenen Hauptes sitzen sie in den Bänken, durch jahrelangen Kirchenbesuch unempfindlich geworden gegen die Peitschenhiebe der Lehre.

Wenn das Dorf auch für unseren Herrgott eine feste Burg sein mag, es kennt noch viele Tabus und Gebräuche, die nicht mit dem übereinstimmen, was die Pfarrer von den Kanzeln herab predigen. Das Leben der Fischer ist unsicher, die See unberechenbar, und ein ebenso launenhafter »Wellenbändiger« macht die Menschen regelmäßig zum Spielball der Natur.
Deshalb gibt es im Dorf »Seher«, die das Wohl und Wehe der Menschen vorhersehen können. Leute, die manchmal jemandem mit einem Blick ein Unglück oder den herannahenden Tod vom Gesicht ablesen und die ein sicheres Gespür für Katastrophen haben. Wie Arie Krijgsman zum Beispiel, ein weithin bekannter Seher, von dem man sich erzählt, er sei eines Nachts aufgewacht, habe Trauerkleidung angezogen und sich jammernd an den Küchentisch gesetzt, weil er spürte, dass sein Bruder gerade ertrank,

was sich später als wahr herausstellte. Solche Leute werden bei Schwierigkeiten mit der Geisterwelt oft um Vermittlung gebeten. Im Dorf glaubt man nämlich, dass der Tote, solange er sich noch über der Erde befindet, jede Nacht nach Hause zurückkehrt. Deshalb öffnet man nachts die Hintertür des Sterbehauses. Ist der Körper einmal beigesetzt, kehrt der Geist nicht mehr zurück, obwohl es auch schon vorgekommen ist, dass der Geist eines Verstorbenen herumirrte und für Unruhe und Ärger sorgte. In so einem Fall zieht man einen Seher heran, der ihm im Namen des Herrn den Weg ins Jenseits weist.

Außer den Sehern gibt es auch noch die »Handaufleger«. Männer und Frauen, die mit ihren magischen Händen allerlei hartnäckige Leiden kurieren können. Dirkje van Rijn zum Beispiel, eine steinalte Witwe, die chronische Kopfschmerzen heilt, indem sie eine Zeit lang die Mütze oder Kappe des Betreffenden trägt. Obwohl sie stockblind ist, verdient sie sich ihr Brot immer noch als Hebamme, denn mit ihren feinfühligen Händen kann sie in den Bauch der Mutter »sehen«, was bei schwierigen Geburten Leben retten kann.

Im Allgemeinen sind die Seher und Handaufleger normale gläubige Menschen, die jeden Sonntag brav in die Kirche gehen. Dass ihre Gaben, wie die Pfarrer meinen, nicht von Gott, sondern vom Teufel kommen, das können im Dorf nur wenige glauben. Die Pfarrer wissen es nicht besser, argumentiert man, sie sind zu gelehrt und kommen aus Städten, wo man von solchen Dingen nichts versteht.

Worüber man sich in Zeewijk in letzter Zeit allerdings

Wolfram Arnold Kbg., 26.9.07

Für folgende Präparate erbitte ich ein Rezept "

1.) Aspirin[?] 150 mg
2.) Eins-Alpha 0,25
3.) Isoptin 80

Vielen Dank!

W. Arndt

Sorgen macht, ist die kurz nach der Jahrhundertwende gegründete Bruderschaft der Spiritisten. Wer von den Dorfbewohnern zu ihren Mitgliedern zählt und wo die Bruderschaft ihre Versammlungen abhält, weiß niemand, denn alles wird streng geheim gehalten. Es heißt, dass sich bei den Séancen Furcht erregende Dinge ereignen. Tische fangen zu tanzen an, Geister bemächtigen sich der Körper der Teilnehmer und sprechen durch ihren Mund. All das geht vom Reich der Schlange aus, es ist ein Pakt mit dem Satan und eine Verschwörung gegen Gott; dennoch wagen die meisten Zeewijker nicht, die Spiritisten in aller Öffentlichkeit zu verurteilen, so groß ist ihre Furcht, ein Fluch könne sie treffen. Denn der Teufel ist mächtig, und Spiritist könnte jeder sein.

Manche sind darunter, die später ihre dunklen Praktiken bereuen. Oft ist das mit schrecklichen Folgen verbunden. In den vergangenen zwei Jahren haben sich bereits drei zur Umkehr gekommene Spiritisten das Leben genommen, weil sie fest glaubten, dass sie keine Vergebung mehr finden würden, dass ihre Seelen dem Teufel ausgeliefert und auf ewig verdammt seien.

Die Sonne schluckt den Morgennebel. Jetzt, da die Gottesdienste angefangen haben, liegt das Dorf wie ausgestorben da.

Auf der Mauer vor dem Leuchtturm steht der kleine, geistig verwirrte Sohn des Warenprüfers, der kürzlich zählen gelernt hat. Er segnet das Dorf, zwei Mal zwölf Mal. Dem Anschein nach ist er ein freundliches Kerlchen, doch insgeheim plant er Böses: Es will den Leuchtturm zum Einsturz bringen. Der Lehrer der Sonntagsschule hat vorige Woche die Geschichte von der Zerstörung Jerichos erzählt, und seitdem ist das Kind jeden Tag genau um sieben Uhr früh ein Mal um den Leuchtturm herumgegangen. Heute ist der siebente Tag, und der Junge beginnt von neuem, wie Josua und die Kinder Israels einst um Jericho, sieben Mal die Mauer, die den Leuchtturm umgibt, zu umkreisen. Er stößt Schreie aus und ahmt den Schall der Posaunen nach; so macht er sich an seine Aufgabe. Nach dem letzten Rundgang rennt er schnell davon, bleibt aber in einiger Entfernung stehen und wartet gespannt. Nichts geschieht. Die Mauern stürzen nicht ein, das ersehnte Poltern bleibt aus, stolz bleibt die Leuchtbake stehen. Enttäuscht dreht sich der Junge vierzehn Mal um die eigene Achse, dabei spuckt er jedes Mal verächtlich nach dem Leuchtturm. Dann bricht er in ein klägliches Gebrüll aus, das bis ins Haus des Leuchtturmwärters zu hören ist, wo Kee van der Plas, siebenundachtzigjährig und geistig mindestens ebenso verwirrt wie der kleine Junge, in ihrem Sessel am Fenster sitzt und vor sich hin döst. Wütend richtet sie sich auf und geht ans Fenster. »Du hässlicher Drache, du! Lass die Finger von meiner Wäsche!«, kreischt sie. Der Junge bemerkt sie erst jetzt. Er sieht ihr verwildertes Bösehexengesicht mit dem langen grauen Haar und macht, dass er wegkommt.

Unterdessen predigt in der Grote Kerk Pastor Waalkamp über die an Blutfluss leidende Frau. Ab und zu hört man die Frauen, die selbst auch unter starken unreinen Ausflüssen leiden, nervös hüsteln.

»Ohne Ihn gibt es keine Genesung, weder an Leib noch an Seele!«, brüllt der Pastor, stemmt die linke Hand in die Seite, als gürte er seine Lenden, und schüttelt die erhobene rechte Faust, als schwinge er das zweischneidige scharfe Schwert der Wahrheit.

Pastor Waalkamp leidet in letzter Zeit wieder unter Schwermutsanfällen. Seit dem Tod seiner Frau ist er nicht mehr der alte, darin sind alle im Dorf sich einig. Aber jetzt, da er auf der Kanzel steht und über die Reihen der stoischen Gesichter blickt, spürt er, wie sein düsteres Gemüt sich erhellt; er gerät über seine eigene Stimme in Entzücken. Er kann es nicht ändern, es überkommt ihn einfach, und seine Worte werden noch bissiger. Er predigt und tobt und kann nicht genug bekommen. Das Graduallied lässt er aus, seine Predigt wird zu einer langen Tirade über die vielen Gegenstände göttlichen Zorns. Die Gesichter vor ihm zeigen keinerlei Regung, aber das stachelt ihn nur zu noch lauterem Donnern an; er droht mit der baldigen Wiederkunft Christi. Von allen Gottesdiensten, die an diesem Morgen abgehalten werden, dauert der in der Grote Kerk weitaus am längsten.

Als er endlich Amen sagt, ist es nach halb zwölf. Es folgen noch das Dankgebet und der Nachgesang, erleichtert singt die Gemeinde aus vollem Halse gegen die Orgel an. Sie haben die Predigt hinter sich und sind zufrieden – vor allem die Gottesfürchtigen, die Arend von den Versammlungen in der Casa Cara her kennt, und die ihn mit ihren mitreißenden Geschichten vom Teufel und der Endzeit angesteckt haben.

»Eine köstliche Predigt, nicht wahr? Unser Pastor hat wieder wunderbar gesprochen«, sagen sie zueinander, als sie kurz darauf siegesfroh unter den jubelnden Klängen der Orgel die Kirche verlassen.

Während sich die Straßen wieder füllen, und Familien mit Kind und Kegel wie gewöhnlich bei Eltern oder Großeltern ihren Morgenkaffee trinken gehen, überquert Arend Falkenier die Strandpromenade. Seine beiden Ältesten, die mit ihm in die Kirche gegangen sind, hat er gerade bei seinen Schwiegereltern abgeliefert. Er selbst ist nicht mit hineingegangen, denn er ist ganz erfüllt von der Predigt und muss noch über vieles nachdenken.
Die Hände in den Hosentaschen, schlendert er zum leeren Strand. Möwen fliegen vor ihm her. Seine Holzschuhe füllen sich mit Sand, doch er stapft unbeirrt fort.
Als er an der Brandung steht, nimmt er seinen schwarzen Filzhut ab und hält ihn sich vors Gesicht. Eine gute Viertelstunde steht er so ins Gebet versunken da. Badegäste betrachten ihn neugierig. Das Meer atmet ein und aus, und die ausrollenden Wellen umspielen fast seine Füße, aber Arend merkt es nicht. Den Hut vors Gesicht gedrückt, ist er wieder mit dem Allerhöchsten im Gespräch; nach dem Gottesdienst in der Grote Kerk fühlt er sich von allem Irdischen befreit.
Als er sein Herz erleichtert hat, öffnet er die Augen und schaut zum wolkenlosen Himmel hinauf. Er lächelt und breitet die Arme aus, als wolle er die See und das ganze Firmament umarmen.

Viele Stunden Fußmarsch von dieser Stelle am Strand entfernt liegt die *ZW 171 Noordster* wartend im Hafen von IJmuiden. »Peken«, alte, ausgemusterte Seemänner, haben den vier Jahre alten Segellogger gründlich gereinigt, so dass er jetzt funkelnd in der Sonne liegt.
Es wird Zeit. Zeit, an Bord zu gehen.

II

An einem Dienstagmittag im August 1915 verlässt die *Noordster* den Hafen von IJmuiden zum zweiten Mal in diesem Jahr. Es ist ein bewölkter Tag, der Wind hat in den vergangenen Tagen aufgefrischt – ein günstiger Ost-Nordost.

Mit vollen Segeln fährt der Logger zu den Fischgründen, ein Raddampfer hat ihn auf offene See geschleppt. Vom Land und von Haus und Hof getrennt, ist die Besatzung wieder für längere Zeit auf einer schaukelnden Oberfläche von nur fünfundzwanzig mal sechseinhalb Metern beisammen. Die Küste gerät außer Sichtweite, die Wogen verwischen fleißig die Fahrspur.

Sie sind zu dreizehnt und dies sind ihre Namen und ihr Alter: Schiffer Jaap Kromhout, neununddreißig; Steuermann Gerrit Boezaard, achtundzwanzig; Cor Kloos, der Koch, ein Schwager des Schiffers, dreiundvierzig; Willem Hoek, siebenundzwanzig, sein Neffe Jacob Hoek, sechzehn; Leen Guyt, neunundzwanzig; Piet van der Marel, fünfunddreißig; Hans Vooijs, dreiunddreißig; Klaas van Beelen, dreiundzwanzig; Arend Falkenier, siebenundzwanzig, sein Bruder Dirk Falkenier, siebzehn; Reepschieter Keesje Imthorn, dreizehn; Afhauer Jantje Kloos, ebenfalls dreizehn Jahre alt und der Sohn des Kochs.

Die meisten fahren schon jahrelang gemeinsam zur See; sieben von ihnen schon seit dem Stapellauf der *Noordster* im Frühjahr 1911. Damals war IJsbrand Kromhout noch

Schiffer, doch er wurde schon nach einem Jahr von seinem Sohn Jaap abgelöst. Der alte Kromhout litt an Rheuma und konnte den Wind und das salzige Spritzwasser, die seine schmerzenden Gelenke krümmten, nur noch schlecht vertragen. Vater und Sohn entstammen einer Familie, die im Dorf hohes Ansehen genießt. Viele ihrer Vorfahren waren wie sie Schiffer oder Steuermann: Männer, die ohne Kompass, nur dem Geruch des Windes und dem Stand der Sterne folgend, blindlings den Weg zu den Fischgründen fanden. Dass der Sohn die Nachfolge des Vaters antreten würde, war daher selbstverständlich.

Arend kam im Mai 1912 an Bord. Gleichzeitig mit seinem zehn Jahre jüngeren Bruder Dirk, der als Reepschieter anfing.

In den ersten Jahren war an Arends Verhalten nichts auszusetzen gewesen. Alle Besatzungsmitglieder verstanden sich gut mit ihm. Es wurde höchstens etwas häufiger als auf anderen Schiffen über Glaubensfragen geredet, aber das war verständlich, denn Arend gehörte zum auserwählten Volk Gottes und unterzog sich täglich geistlichen Übungen. Keiner hätte es sich im Traum einfallen lassen, ihn wegen seiner Frömmigkeit zu verspotten. Außerdem war Arend stark wie ein Bär und bekannt für seine besonderen, von Gott verliehenen Gaben.

Als er eines Sonntagmittags in seiner Koje lag und schlief, nahmen Willem Hoek und Piet van der Marel ihm zum Spaß die Stiefel weg und nagelten sie an den Besanmast. Schmunzelnd setzten sie sich ins Logis und warteten darauf, dass Arend wach würde, doch als er kurz darauf seinen verschlafenen Kopf aus der Koje steckte, zeigte er zu

jedermanns Überraschung sofort auf Willem und Piet und sagte, sie sollten lieber gleich eine Kneifzange holen. Er hatte bereits gewusst, was sie mit seinen Stiefeln vorhatten, noch bevor sie selbst auf den Gedanken gekommen waren.
Und sie kannten die Geschichte von Arend und dem Vlaardinger, aus der Zeit, als Arend auf der *Stella Maris* von Andries Hoek fuhr. Der bewusste Vlaardinger – ein gewisser Jan Koelewijn, der mit einer Zeewijkerin verheiratet war – soll beim Aussetzen der Fleet einmal abschätzige Bemerkungen über Arends Glaubenseifer gemacht haben. Arend hatte erst nicht reagiert, sondern geduldig gewartet, bis alle Netze ausgesetzt waren. Dann war er ruhig auf den Vlaardinger zugegangen. Mit seinem stechenden Blick hatte er ihn an die Reling getrieben und gesagt, der Herr werde solches nicht dulden, stehe doch geschrieben: »Wer mein Volk antastet, tastet meinen Augapfel an.« Arend hatte prophezeit, dass Jan Koelewijn die kommenden Nächte keine Ruhe finde werde, und so war es auch geschehen. Drei Nächte hintereinander wurde der Vlaardinger von Träumen heimgesucht, die so grausam waren, dass er jedes Mal wimmernd aufwachte und danach nicht mehr einzuschlafen wagte. In der zweiten Nacht bat er Arend um Verzeihung und flehte um Erlösung von seinen schrecklichen Albträumen, aber Arend behauptete steif und fest, dass es Gottes Wille sei, Jan wegen seiner Spötterei zu strafen, er selbst könne nichts dagegen unternehmen. Nach der dritten Nacht – Jan Koelewijn sah inzwischen aus wie eine wandelnde Leiche und halluzinierte ständig – hatte Arend ihn zu sich gerufen und ihm auf

Gottes Befehl drei Mal in beide Ohren geblasen, um die abscheulichen Traumgebilde zu vertreiben. Erschöpft war der Vlaardinger in seine Koje gekrochen und hatte einen Tag und eine Nacht lang geschlafen; dabei träumte ihm von saftigen Weiden und blitzblanken Fensterscheiben – doch nach dieser Reise war er nie mehr an Bord der *Stella Maris* zurückgekehrt.

Auf der *Noordster* herrschte in den ersten Jahren in der Regel eine aufgeräumte, harmonische Stimmung. Manchmal war Arend ein paar Tage lang durcheinander, wenn ihm seine Sünden zu viel wurden oder der Teufel ihn versuchte, aber meist war er ausgeglichen und umgänglich. Eine ehrliche Haut und ein tüchtiger Arbeiter. Und sie hatten es gut an Bord. Gott der Herr segnete sie mit reichen Fängen.

In Europa wuchs die Kriegsgefahr. Fürsten und Staatshäupter stritten sich um Kolonien, schlossen zweifelhafte Bündnisse und schürten das Feuer des Nationalismus. Im Dorf wurde eine Fischereischule gegründet, die Grote Kerk bekam eine neue Orgel mit sage und schreibe drei Klaviaturen und achtunddreißig Registern, und am Ende der Tramstraat wurden fünfzig neue Häuser gebaut. Die verdorbene Welt mit ihrem Waffengeklirr lag weit außerhalb des Blickfeldes der Zeewijker, in sicherem Abstand hinter den Dünen und den Ländereien, die das Dorf umschlossen.

Daher kam der Ausbruch des Krieges für die meisten völlig überraschend.

Am 1. August 1914 lag die *Noordster* mit ausgeworfenen

Netzen auf der Taalend, dem südlichen Teil der Doggerbank, als sie gegen Abend von einem Scheveninger Logger angepreit wurde. Der Schiffer lehnte sich mit einem Sprachrohr am Mund über die Reling und rief: »Macht lieber, dass ihr wegkommt! Es ist Krieg!« Aufgeregt berichtete er von einer großen Jacht, die die niederländische und die deutsche Flotte im Auftrag des deutschen Konsuls gewarnt habe. Minen trieben im Meer, man sei seines Lebens nicht mehr sicher, und ob es daheim noch sicher sei, das könne er nicht sagen, doch er befürchte das Schlimmste.

Schiffer Kromhout bedachte sich keinen Augenblick. Er befahl, das Treibnetz zu kappen, alle Segel aufzuziehen und so schnell wie möglich den Heimathafen anzulaufen.

Die Nachricht nahm die Besatzung ziemlich mit. Die Männer hatten eine Heidenangst vor Minen und keine Ahnung, was an Land vor sich ging. In ihrer Vorstellung sahen sie Zehntausende, Philistern ähnliche Soldaten einmarschieren, die Tod und Verderben brachten, Dörfer und Städte besetzten und Häfen anzündeten. Arend träumte eines Nachts von einem wild um sich schlagenden Gorilla. Der Gorilla, das sei der Teufel, »der Affe Gottes«, wie Luther ihn genannt habe, denn hinter dem Krieg stecke der Teufel, und Gott der Herr lasse dies zu, weil die Völker des Abendlands für ihre Gottlosigkeit und ihren Hochmut bestraft werden müssten. Es sei denkbar, dass es ein langer, grausamer Krieg werde, sagte Arend.

Vier Tage später lief die *Noordster* in den Hafen von IJmuiden ein, doch zur Erleichterung aller war in der Hei-

mat kaum etwas vom Krieg zu merken. Die Armee war zwar mobilisiert, aber sonst ging alles seinen gewohnten Gang.
Und doch saß allen die Angst vor den Minen im Nacken. Die See war geschändet worden, wochenlang blieb die vaterländische Fischereiflotte in den Häfen. Sowohl die Reeder als auch die Behörden behaupteten zwar immer wieder, die Minengefahr sei halb so schlimm, doch in den ersten Wochen waren die Fischer nicht davon zu überzeugen und suchten sich lieber eine Arbeit an Land.
In Zeewijk gab es jedoch keine Arbeit. Das Dorf lebte fast ausschließlich von der Fischerei, die jetzt brachlag, und auch in der Stadt herrschte große Arbeitslosigkeit. Es dauerte nicht lange, da waren die Küchenschränke leer und die Ersparnisse aufgebraucht. Die Pfarrer, die noch mehr Kummer und Not vorhersahen, meinten, die Fischer sollten besser wieder ausfahren. Damit würden sie keineswegs die Sünde der Versuchung begehen – im Gegenteil, die Tatsache, dass sie ihr Leben in die Hände des großen Lenkers legten, sei geradezu ein Beweis ihres Gottvertrauens. Und so liefen denn, von der Armut getrieben, Anfang September die ersten Schiffe wieder aus, sehr zur Erleichterung der Reeder. Auch die *Noordster*. Es kostete Schiffer Kromhout wenig Mühe, die Männer zu überreden.
In der Tat entpuppte sich die Minengefahr im ersten Kriegsjahr als halb so schlimm. Es gingen nicht mehr Schiffe unter als sonst. Überdies verdreifachte sich der Heringspreis in kurzer Zeit und die Fänge brachten so viel ein, dass die Fischer manchmal sogar eine Fahrt über-

springen und ihren Platz an Bord einem arbeitslosen Verwandten überlassen konnten, um so auch anderen Gelegenheit zu geben, sich ein hübsches Sümmchen zu verdienen.

Schon bald nach dem Ausbruch des Krieges kamen die Frommen im Zimmer hinter der Milchbar Casa Cara zu der Einsicht, dass die Endzeit begonnen hatte. Zwar blieb die Heimat dem Anschein nach von der Kriegsgewalt verschont – die Gottesfürchtigen aber wussten, dass sie in den letzten Tagen lebten und sich auf die große Trübsal vorbereiten mussten, die Jesus vorhergesagt hatte. Das Ende war »nahe vor der Tür«. Das wurde auch fast jeden Sonntag von der Kanzel herab gepredigt. »Dies Geschlecht wird nicht vergehen, bis dass dieses alles geschehen sein wird.« Fortan sprachen sie in den Versammlungen nicht nur über ihre Erfahrungen auf dem Weg zur Heiligung, sondern auch über den rätselhaften Schluss der Bibel, diesen langen visionären Traum vom Weltuntergang, in dem »dieses alles« geschrieben stand: die Offenbarung des Johannes.
In den Wochen an Land besuchte Arend getreulich die Versammlungen und zeigte sich tief beeindruckt von den Entdeckungen, die die Gottesfürchtigen durch das Studium der Offenbarung machten. Früher hatte er diesem geheimnisvollen Buch der Bibel keine besondere Beachtung geschenkt, doch seit er wieder mit der *Noordster* ausgefahren war, las er es aufs Neue. Er begriff immer noch nicht viel, dennoch fand er des Johannes sinnbildliche Offenbarungen herrlich und schauerlich zugleich. Die Visio-

nen von dem Weib und dem Drachen; dem Buch mit den sieben Siegeln; dem Tier, das aus der Erde aufsteigt. Die sieben Engel mit den sieben letzten Plagen. Die Hochzeit des Lamms und das Jüngste Gericht. Der neue Himmel und die neue Erde, das neue Jerusalem und der Strom des lebendigen Wassers. All diese Dinge standen schon bald bevor, das war ihm klar, und je mehr er las, desto stärker empfand er im Herzen Gottes Ansporn, Jesu Mahnung zur Wachsamkeit nicht in den Wind zu schlagen, sondern vielmehr auf die Zeichen zu achten und munter zu bleiben wie ein treuer Türhüter. »Auf dass er nicht schnell komme und finde euch schlafend.«

Im Winterhalbjahr, als er von der See wieder nach Hause zurückgekehrt war, besuchte er regelmäßig fromme Männer wie Rein Verdoes und Bram Oudshoorn. Sie waren offensichtlich in den vergangenen Monaten bedeutend weniger wachsam geworden und sprachen lieber über ihr religiöses Leben als über die Endzeit und die rätselhaften Visionen des Johannes.

»Wir sollten uns eher um unsere eigenen Seelen kümmern als um die gottlose Welt«, sagte Rein Verdoes. »Die Welt mit all ihren Sünden und ihrer Sittenlosigkeit wird doch vergehen, so ist es nun einmal von Ewigkeit beschlossen. ›Wir haben hier keine bleibende Stätte‹, Arend, vergiss das nicht.«

Es war Arend klar, dass es den anderen an tieferen Einsichten mangelte. Gott der Herr hatte mit ihm Dinge vor, die er mit den anderen Auserwählten nicht vorhatte, doch darüber schwieg Arend wohlweislich, denn er wollte keine Eifersucht erregen.

In dieser Zeit fing er auch an, sich mit dem Allerhöchsten zu beratschlagen. Die Welt stand in Flammen und blutete. An der Aisne lagen sich Deutsche und Franzosen in einem aussichtslosen Grabenkrieg gegenüber; die Russen wurden aus den Karpaten und aus Ostpreußen vertrieben; die Türken hatten die Dardanellen besetzt. Jeden Abend schaute Arend auf dem Heimweg von seiner Arbeit in Taats Böttcherei bei seinem Vetter Jaap am Drieplassenweg vorbei und holte sich die Zeitung vom Vortag, um sie zu Hause gründlich zu studieren und die Berichte über Kämpfe und Verheerungen in Städten und Gegenden, die er oft nicht einmal dem Namen nach kannte, nach Vorzeichen abzusuchen. Seiner Frau Aaltje zufolge machte ihn das auf die Dauer »grüblerisch«.

Wie hat es nur so weit mit ihm kommen können? Diese Frage habe ich mir im Lauf der Jahre oftmals gestellt.
Es war eine andere Zeit damals. Inzwischen haben wir uns – nach zwei Weltkriegen – an die Drohung totaler Vernichtung gewöhnt. Endzeitpredigten machen kaum mehr Eindruck. Damals jedoch war die Angst vor einem launischen Gott, der jeden Moment verheerend zuschlagen kann, noch real und weit verbreitet. Vor allem in den Fischerfamilien wusste man, was es bedeutete, einen himmlischen Vater zu haben, der zwar abwesend war, aber trotzdem alles Böse sah. In Kürze würde Er wiederkommen und die Menschheit gnadenlos für ihre Sünden und ihre Gottlosigkeit strafen. »Wartet nur«, drohte Pastor Waalkamp wie eine Zeewijker Mutter ihren ungehorsamen Kindern. Wartet nur, weissagten auch die Gottes-

fürchtigen des Dorfes mit kaum verhohlener Freude. Arend wusste wie kein anderer, wozu ein unberechenbarer Vater imstande ist. Nach Zeichen Ausschau haltend, glaubte er, Seine Schritte bereits zu hören.

Als das Winterhalbjahr vorüber war und die *Noordster* im Mai 1915 wieder ausfuhr, merkte die Besatzung, dass Arend sich sehr verändert hatte. Der Ernst der Zeiten stand ihm ins Gesicht geschrieben, und im Lauf der Reise wies er seine Gefährten immer feuriger darauf hin, dass sie dem Tode verfallen seien und nur eins Not tue: schleunigste Bekehrung. Der Krieg, der jetzt in fast allen Ländern wüte, sei nur das Vorspiel zu einem grauenhaften göttlichen Finale, meinte er. Die Kräfte der Himmel würden in Bewegung gesetzt werden, kein Stein bleibe auf dem anderen, Schafe würden von den Böcken geschieden und die Spreu vom Weizen. Sie dürften nicht aufhören, den Herrn anzuflehen, sie von der Welt zu erlösen, denn der Tag, an dem die Menschheit zur Rechenschaft gezogen werde, sei nahe. Wie könnten sie auf ihrer tödlichen Zuversicht beharren, wenn selbst der Teufel beim Gedanken an Christi Wiederkunft zittere?

Bei passender und unpassender Gelegenheit bombardierte er sie mit Bibelsprüchen. Sie hatten dem nichts entgegenzusetzen. Die meisten Besatzungsmitglieder waren im strengen Glauben der Väter erzogen und sehr empfänglich für Arends Weissagungen. Arend war ein auserwähltes Kind Gottes, und man wusste ja, dass die Auserwählten manchmal in göttliche Geheimnisse eingeweiht wurden, Stimmen aus dem Himmel hörten, Visionen oder weissagende Träume hatten wie einst die Propheten und

Apostel. Mit einem solchen Inbegriff der Gottseligkeit lässt man sich nicht auf Diskussionen ein, schon gar nicht, wenn man sich von Minen umringt weiß und die Ermahnungen denen gleichen, die man in der Kirche in derselben feierlichen Sprache Kanaans zu hören bekommt.

Innerhalb weniger Wochen gelang es Arend mit seinen Predigten, ein Netz aus Sündenbewusstsein und Angst zu knüpfen und mehr und mehr Besatzungsmitglieder an sich zu binden. Die Stimmung an Bord schlug um. Manche lagen nachts schlaflos in ihren Kojen und zermarterten sich voll Verlangen nach Versöhnung mit Gott das Hirn – und da ihnen klar war, dass sie dies unmöglich selbst bewirken konnten, wandten sie sich Hilfe suchend an Arend.

Späteren Berichten zufolge glaubte gegen Ende der Reise die Hälfte der Besatzung an Arends immer dreister werdende Prophezeiungen. Allen voran Arends jüngerer Bruder Dirk natürlich, der als Kind viele Beweise seiner ungewöhnlichen Gaben gesehen hatte; dann auch der Steuermannsmaat Gerrit Boezaard, Hans Vooijs, Leen Guyt und Klaas van Beelen – obwohl Letzterer ziemlich einfältig war und an Bord nicht ganz ernst genommen wurde. Sie alle scharten sich um Arend wie Jünger und ermahnten diejenigen, die im Herzen noch Zweifel hegten.

Die Zweifler jedoch hielten mit ihrer Meinung zurück. Wahrscheinlich, weil sie selbst von Tag zu Tag unsicherer wurden, aber auch weil sie inmitten von so viel Frömmigkeit nicht aus der Reihe tanzen wollten. An Bord eines Schiffes, auf dem man wochenlang auf kleinstem Raum

miteinander auskommen muss, gilt es, Spannungen um jeden Preis zu vermeiden. Wer widerborstig ist, geht das Risiko ein, vom Schiffer ausgemustert zu werden und fortan auf die Armenkasse angewiesen zu sein. Davon gab es im Dorf traurige Beispiele zur Genüge. Auch Schiffer Kromhout nahm sich Arends Ermahnungen zu Herzen, wenn er auch anfangs nicht zu den Zeloten an Bord gehörte. Allerdings bat er Arend am letzten Sonntag der Reise, statt seiner die Andachtsübung zu leiten, und so etwas war noch nie vorgekommen.
Bis auf eine beiläufige kritische Bemerkung, einen missbilligenden Blick hat es auf dieser ersten Reise, so weit ich habe feststellen können, nur ein einziges Mal einen nennenswerten Protest gegeben. Zwei Besatzungsmitgliedern, Willem Hoek und Cor Kloos, wurde Arends anhaltendes Predigen nach einiger Zeit unerträglich, und eines Mittags beschwerten sie sich vorsichtig beim Schiffer darüber. Arend bekam Wind davon und überschüttete sie im Beisein aller mit Vorwürfen und Drohungen. (»Ihr murrt über mich? Ihr müsst wissen, was ihr tut, aber der Herr wird's sehen und Er wird es mit Gewissheit heimsuchen!«) Zwei Tage lang wurden die beiden wie Aussätzige behandelt, bis sie völlig verzweifelt einräumten, sie hätten sich geirrt. Wer mit dem, was an Bord vor sich ging, nicht einverstanden war, tat besser daran, den Mund zu halten und zu hoffen, dass die übertriebene Frömmigkeit von selbst wieder verfliegen werde.

Sechs Wochen dauerte die Reise, doch auch danach – wieder an Land, im täglichen Leben – fanden die meisten kei-

nen Ausweg aus ihrer seelischen Bedrängnis. Viele Verwandte haben mir versichert, dass die Männer sich anders verhielten als sonst.
So soll der Steuermannsmaat Gerrit Boezaard seiner Frau und seinem bei ihnen wohnenden Schwiegervater vorgeworfen haben, die Kinder nicht in gebührender Weise in der Furcht des Herrn zu unterweisen. Am Vorabend seiner Abreise sei es darüber zu einem scharfen Wortwechsel gekommen. Hans Vooijs, ein ungehobelter, aber gutherziger Kerl, der Schlingen in den Dünen legte und sich bisher nie besonders mit religiösen Fragen befasst hatte, wurde nicht weniger als drei Mal von seiner Frau dabei ertappt, wie er in einer Bibel las, die er unter dem Tisch versteckt hielt. Und Klazien Guyt fand ihren Mann Leen außerordentlich bedrückt und zugleich von einer merkwürdigen Abwesenheit. Erst glaubte sie, er mache sich Sorgen um seine Mutter, die kurz zuvor einen Schlaganfall gehabt hatte und wahrscheinlich nicht mehr lange leben würde; doch als Leen nach etwa sechs Tagen wieder zur See musste und Klazien die Schiffsbesatzung mit der Straßenbahn von Zeewijk nach IJmuiden begleitete, sah sie, wie Arend schon am frühen Morgen lauthals mit seinen religiösen Erlebnissen prahlte. Sie sah, wie die Männer ehrfürchtig an seinen Lippen hingen, und begriff auf einmal die wahre Ursache von Leens Bedrücktheit. »Da schwante mir nichts Gutes«, sagte sie.

***

Als die *Noordster* an jenem windigen, bewölkten Dienstagmittag in See sticht und der Raddampfer sich von dem Segellogger loskoppelt, lehnt Arend am Besanmast, die Augen gegen das grelle Licht zusammengekniffen. Die ganze Fahrt nach IJmuiden über hat er noch das große Wort geführt, doch seit sie an Bord gegangen sind, ist er schweigsam. Sie wundern sich, wagen aber nicht zu fragen, was ihm fehlt.

Inzwischen geht die Besatzung willig an die Arbeit. Ihr frommer Ernst ist nach knapp einer Woche an Land unvermindert groß. Schon bald gerät die Küste außer Sichtweite, der Wind nimmt zu, und gegen Abend werden sie von einem starken Regen überrascht. Das Gaffeltoppsegel und der große Klüver sind schon eingeholt, nun müssen die Segel noch gerefft werden.

Abends sitzen die Männer im Logis vorne unter Deck beisammen. Sie trinken Kaffee und bekommen einen »Weißen« aus dem Geneverkrug des Schiffers, wodurch sich die Stimmung etwas hebt. Arend hält sich jedoch weiterhin abseits und lässt deutlich merken, dass er das Geplauder nicht schätzt. Als es Zeit wird, in die Kojen zu kriechen und sich aufs Ohr zu hauen, übernimmt er freiwillig die Hundewache. Er will mit der aufgewühlten See, dem Wind und seinen stürmischen Gedanken allein sein.

So fahren sie zu dreizehnt bei starkem Ost-Nordost in ihre erste Nacht hinein – der Anfang einer schauerlichen Reise –, und Arend hält an Deck Wache. Noch bevor sie richtig eingeschlafen sind, hat der aufmunternde Schnaps seine Wirkung bereits verloren.

Am nächsten Morgen legt sich der Wind und der Himmel heitert sich auf. Noch vier ganze Tage wird es dauern, bis der Logger die Fischgründe erreicht.
Die ganzen Tage über bleibt Arend in sich gekehrt. Oft liegt er stundenlang in seiner Koje und liest in der Bibel oder in den Schriften der Begründer des erwecklichen Glaubens. In ihm wüte ein Kampf, sagt er. Ständig werde er entweder vom Herrn geprüft oder vom Teufel versucht. Wenn er auf Deck an der Arbeit ist, sehen sie manchmal, wie er plötzlich unbeweglich stehen bleibt und wie blöde vor sich hin starrt, gefesselt von etwas, das kein Auge sehen und kein Ohr hören kann.
Die Besatzung weiß nicht so recht, wie sie sich ihm gegenüber verhalten soll, und hält ehrfürchtigen Abstand. Nur Schiffer Kromhout wagt es, Arend hin und wieder nach seiner Gemütsverfassung zu fragen. Von einem Onkel, der auch zum auserwählten Volk gehört, weiß der Schiffer, wie furchtbar die Versuchungen sein können.
»Hast du's so schwer, Arend?«
»Ach, Jaap, mein Herz dürstet nach dem Herrn, doch Er hält sich vor mir verborgen, und ich weiß nicht, warum. Gestern Nacht bin ich wieder heimgesucht worden. Die ganze Höllenbrut wurde auf mich losgelassen, bis ich es nicht mehr ertragen konnte.«
»Und was hast du gemacht?«
»Ich bin an Deck gegangen, und da hab ich gesungen, Jaap, mitten in der Nacht. Allen teuflischen Versuchungen zum Trotz habe ich da Gott den Herrn gelobpreist. Und dann wurde es endlich still, der Böse musste weichen.«
Der Schiffer legt ihm die Hand auf die Schulter. Arend

blickt in das schmale Gesicht, sieht, wie sich das rötliche Haar leise im Wind bewegt.

Dem Bericht der beiden Ärzte zufolge, die Arend später untersuchten, musste er damals oft an Cobie Lodder denken, der nach wochenlangem Kampf Christus erschienen war. Und er erinnerte sich an die Worte, die der Kirchenälteste Klaas Bent ihm nach der Versammlung bei Gijs Kuijt zugeflüstert hatte. Nicht »der Herr *sei* mit dir« hatte Klaas gesagt, das wäre ein Wunsch oder Gebet gewesen, nein, deutlich vernehmbar hatte er gesprochen: »Der Herr *ist* mit dir«, eine vollendete Tatsache. Jetzt ist sich Arend sicher, dass Klaas Bent etwas von dem offenbart wurde, was der Herr an Bord dieses Schiffes mit ihm vorhat.

***

In der Nacht von Samstag auf Sonntag erreicht die *Noordster* die Doggerbank. Am Tag des Herrn wird noch nicht gefischt, aber ab Montag fordert die tägliche Arbeit die ganze Aufmerksamkeit der Seeleute. Jedes Besatzungsmitglied hat seine eigenen Aufgaben, die besonders während des Aussetzens und Holens der Fleet zügig ausgeführt werden müssen, damit der Fang nicht ins Stocken gerät. Auch von Arend wird erwartet, dass er trotz seiner seelischen Kämpfe seinen Teil beiträgt, und das tut er auch.

Der Zyklus des Aussetzens und Holens, den ich hier kurz beschreiben will, beginnt nachmittags gegen vier Uhr. Dann lässt Schiffer Kromhout die Segel einholen und setzt das Ruder fest. Nun kann das Aussetzen der Fleet beginnen. Etwa neunzig Netze von gut dreißig mal fünfzehn Metern werden mit Brails und Jonas an dem Reep befestigt und ausgeworfen. Sobald das erledigt ist, gibt der Schiffer den Befehl, den Fockmast umzulegen, wodurch der Logger mit dem Kopf im Wind und auf der Strömung treibend hinter die Fleet gerät. Hiernach wird die Last sauber gemacht. Herings- und Salzfässer werden aus dem Raum heraufgeholt, alles wird für das nächtliche Holen in Bereitschaft gebracht.

Das Aussetzen der Netze nimmt durchschnittlich etwa zweieinhalb Stunden in Anspruch, dann isst die Besatzung etwas und verschwindet ein paar Stunden in die Kojen. Ihre Arbeitskleider behalten die Männer an, nur die Mütze wird abgesetzt, derweil schwimmt der Hering aus der Tiefe herauf in die Nacht und in die Netze.

Gegen zwei Uhr nachts erscheint der Schiffer mit dem kräftigen Ruf »Hole!« vorne am Niedergang zum Logis. Die Männer gehen wieder an Deck, um mit Hilfe des Dampfspills die schwere Fleet zu holen. Netze und Brails werden vom Reep losgemacht und an Bord gezogen, der Hering wird in die Krippen, in Fächer unterteilte Holzkästen, geschüttet. Auf der Hälfte des Holens ruht sich die Besatzung etwas aus, aber bei Sonnenaufgang ist die ganze Fleet an Bord. Alle sind bedeckt mit Schuppen und ätzender Gälle. Sie waschen ihr Ölzeug und spülen das Deck sauber, dann ist es Zeit für ein Frühstück aus Kaffee und Brot.

Den Rest des Vormittags verbringen sie mit dem »Keeken«, dem Ausnehmen der Heringe. Ist der Fang groß, kann dies bis zur Mittagsstunde dauern. Die Männer sitzen auf der »Keekplanke«, die quer über das Schiff an beiden Seiten der Reling eingehängt ist, und verarbeiten den Fisch. Die gekehlten Heringe vermengen sie mit Salz und schichten sie in Fässer. Dann spülen sie das Deck wieder sauber, der Fockmast wird wieder aufgerichtet und die Segel werden gehisst. Und damit ist der Zyklus vollendet – aber nicht für lange, denn um vier Uhr nachmittags schallt die Stimme des Schiffers durchs Logis, und die Arbeit fängt wieder von vorne an.

Das tüchtige Arbeiten scheint Arend gut zu tun, denn schon in der dritten Nacht tut Gott der Herr, sagt er, ihm plötzlich mit so viel Kraft und Liebe das Herz auf, dass er mit einem Schlag von allen Zweifeln und Kümmernissen befreit ist. »Der Satan kann mich nicht mehr schrecken. Der Herr hat mich aufgerichtet und seine Hand nach mir ausgestreckt«, jauchzt er.

Als sie während der Fleetpause Kaffee trinken, erzählt er aufgeregt, wie er abends in seiner Koje mit sich gerungen und wie Gott auf einmal Rettung gebracht habe, mit den Worten: »Ich will dich mit meinen Augen leiten.« Kurz habe er noch gezweifelt, doch auf der Stelle und sehr deutlich sei ein anderes Wort aus der Schrift zu seiner Seele gesprochen worden: »Siehe, in die Hände habe ich dich gezeichnet.« Und da habe er nicht mehr gezweifelt. *Seine* Stimme sei es gewesen: »Ein Flüstern, mehr nicht. Aber auf einmal überkam mich eine Ruhe, die war so wohltuend, dass alles von mir abfiel. Ich wurde in das Weite geführt, ich fühlte Seine Hand auf mir und musste eine Zeit lang weinen wie ein Kind.«

Auch nach dem Holen der Fleet kann er nicht aufhören,

darüber zu reden. Die Männer freuen sich für ihn. Die Sonne funkelt auf der ruhigen See, der Fang ist gut, und sie danken Gott, dass Er nach so viel Finsternis wieder ein Licht in Arends Seele angezündet hat.

Ihre Freude ist jedoch von kurzer Dauer. Wenige Stunden später, während sie das aus Kartoffeln, Bohnen und Speck bestehende Mittagessen verzehren, kommt der Geist wieder über Arend, und er fängt von neuem an zu weissagen. Erst hält er noch an sich, schlingt sein Essen hinunter, dann aber, zu exaltiert, um noch länger sitzen zu bleiben, springt er auf. Er sucht in seiner Koje, greift nach der Taschenbibel und stellt sich vor den Niedergang.

»Gott der Herr hat mir gestern Nacht manches offenbart«, verkündet er in unheilvollem Ton. »Und er wird mir in der nächsten Zeit noch viel mehr kundtun.«

»Was denn, Arend?«, erkundigen sie sich, doch Arend antwortet nicht gleich und sieht zu seiner Koje hin, wo Gott in der vergangenen Nacht zu seiner Seele gesprochen hat.

»O Leute, so versteht doch«, sagt er, »ich sage dies alles zu eurem Besten. Gottes Geduld mit der Welt ist zu Ende. Ist euch klar, welcher Gefahr ihr euch aussetzt, wenn ihr euch weiterhin weigert, euch mit Gott zu versöhnen? Die Zeit der Gnade läuft ab, das ist gewiss. Nicht mehr lange – ein paar Wochen vielleicht, und dann, Leute, und dann?«

Er schweigt, um seine Worte auf sie wirken zu lassen. In dem kleinen hufeisenförmigen Raum rutschen sie unruhig auf den schmalen Bänken hin und her. Der Eisenherd in ihrer Mitte glüht noch, die fettige Hitze im Bauch

des Schiffes ist erstickend. Ihre Blicke wandern von Arend zum Fußboden, über die Deckenbalken, über die mit Leisten beschlagenen Fichtenholzwände und zu den Gesichtern der anderen, und dabei kratzen sie sich am Kopf, ringen die Hände oder speien einen Strahl Tabaksaft in den Spucknapf. Sie wissen nicht so recht, was sie von Arends Behauptungen halten sollen. Ein paar Wochen vielleicht, hat er gesagt. Auf der vorigen Reise hat er auch schon ständig vom Jüngsten Gericht geredet, aber nie ließ er durchblicken, dass der Weltuntergang so nahe bevorsteht.
»Schon so bald? Bist du auch ganz sicher, Arend?«, fragt Schiffer Kromhout.
Arend spürt den Zweifel der Besatzung, und er rückt ihm mit erhobener Stimme und noch heftigeren Gebärden zu Leibe: »Ihr müsst auf die Zeichen der Zeit achten. Oder hat der Satan euren Verstand schon vergiftet? Wisst ihr denn nicht, was vor kurzem in Belgien passiert ist?«
»Nein. Was denn?«
»Nun, da haben sie schon das Tier aus dem Abgrund gesehen. Über einem Schlachtfeld, so wahr ich hier stehe. Aber nicht ein paar Mann, nein, Hunderte Soldaten! Und die haben Zeugnis abgelegt.«
»Davon hab ich gar nichts gehört«, sagt Schiffer Kromhout.
»Nicht? Es hat aber in allen Zeitungen gestanden, Jaap. Erst sahen sie, wie der Mond rot wurde. Rot wie Blut, genauso, wie Johannes es auf Patmos geschaut hat. Und dann sahen sie auf einmal aus dem Rauch und dem Feuer der Kanonen das Tier auffahren. Es schwebte minutenlang in der Luft, drehte nur immerzu den Kopf nach allen

Seiten und rollte die Augen, ein grauenhafter Anblick. Nicht nur die Franzosen, auch die Deutschen waren Zeuge. Die konnten schon gar nicht mehr hinsehen und verkrochen sich vor Angst in den Schützengräben. Aber meint ihr, dass deshalb auch nur ein Tag weniger gekämpft wurde? Dass die Soldaten vor Gott auf die Knie gefallen und die Armeen nach Hause zurückgegangen wären? Ach was, woher denn! Kaum war das Tier verschwunden, da schossen sie schon wieder aufeinander. Und wisst ihr, warum?«

Sie bleiben die Antwort schuldig.

»Weil all diese Dinge geschehen *müssen*. Es ist alles schon lange vorhergesagt. Nach der Bibel ist die Erscheinung des Tiers eines der letzten Zeichen vor Anbruch des schrecklichen Tages. Darum sage ich Euch, es wird wahrlich nicht mehr lange dauern. Das hat Gott der Herr mir offenbart.«

Furchtsam sehen sie zu ihm auf. Arend legt seine Taschenbibel beiseite und klettert über die Treppe an Deck, wie ein Ausrufer, der seinem Dorf gerade einen Sterbefall verkündet hat.

Am Ende einer langen, gespannten Stille beugt Willem Hoek sich zu seinem jungen Neffen Jacob.

»Hast du Arend noch gehört gestern Abend?«, flüstert er.

»Arend?«

»Ich hab ihn schnarchen gehört.«

»Wie spät war das?«

»So gegen zehn, glaub ich.«

»Ich hab nichts gehört. Wieso?«, fragt Jacob argwöhnisch.

Willem antwortet nicht und sieht zu den dreieckigen Scheiben hoch, über die ein langer Schatten zieht.

***

Abends berät Schiffer Kromhout sich mit Gerrit Boezaard. Sie sitzen im Logis achtern unter Deck, das der Schiffer und der Steuermannsmaat sich teilen, nur sie beide allein. Kromhout zweifelt noch an Arends Prophezeiungen und weiß sich in dieser unheimlichen Lage keinen Rat. Gerrit hingegen, der sich auf der letzten Reise als einer der Ersten von Arends Predigten und apokalyptischen Schilderungen berührt gezeigt hat, ist der heiligen Überzeugung, dass sie seine Worte ernst nehmen müssen.
»Es kommt von Gott dem Herrn, da bin ich mir sicher.«
Der Schiffer wischt sich die schwitzenden Hände an der Hose ab und langt nach seiner Pfeife und Tabaksdose. Sie sitzen sich gegenüber, an einem Tisch aus Eichenimitat, dessen Seiten heruntergeklappt sind. Über ihren Köpfen schwingt die Petroleumlampe in der Dünung hin und her.
»Ich fühl es einfach, es ist wahr, was er sagt«, fährt Gerrit fort. »›Er redet freundlich mit Jerusalem‹, Jaap. Ich sage dir – bis jetzt hab ich darüber mit keinem andern reden können, aber dir sag ich es jetzt –, durch ihn ist meine Sünde vor Gott zu Tage gekommen, er hat mir mein Elend kundgetan. Gott der Herr wirkt in ihm und durch ihn, das kannst du mir glauben.«
Gerrit wird plötzlich von Rührung übermannt und kann seine Tränen nicht zurückhalten. Der Schiffer wendet den Blick von dem weinenden Gesicht des anderen ab.

»Ich hab einfach nur so dahingelebt all die Jahre«, jammert Gerrit, »ohne Gott in meinem Leben. Und wenn ich mir anschaue, wie es jetzt um mich steht … Ich hab mein Seelenheil fern von Gott dem Herrn gesucht, aber wenn Er erst Gericht hält, können wir alle doch gar nicht vor Seinem Angesicht erscheinen, keiner von uns. Dann sind wir auf ewig verloren. Und er wird kommen, der schreckliche Tag, bald. Im Herzen fühl ich es, dass es wahr ist.«

»Na, na, ich wär mir da nicht so sicher«, sagt der Schiffer zögernd. »So reden doch viele.«

»Aber Arend ist ein Mann nach Gottes Herzen, Jaap. Er hat einen festen Bund mit Gott dem Herrn geschlossen, genau wie David. Als Kind schon durfte er Zeichen empfangen, sein Bruder Dirk hat mir einmal davon erzählt. Hast du mal die Geschichte gehört, wie er bei Tisch aus der Bibel vorlesen sollte? Nein?«

Gerrit beugt sich vor. Neugierig hört der Schiffer auf, die Pfeife zu stopfen. »Nein, ich weiß nicht, was du meinst.«

»Also. Arend wird etwa zehn Jahre alt gewesen sein. Es war im Herbst, schlechtes Wetter. Der Himmel sah gar nicht gut aus, überall dicke graue Wolken. Nach dem Mittagessen forderte ihn seine Mutter auf, aus der Bibel vorzulesen. Es war für ihn das erste Mal, und mit dem Lesen, nun ja, da haperte es noch ein bisschen; er musste sich große Mühe geben und den Finger zu Hilfe nehmen. Aber das Merkwürdige ist, je länger er liest, desto leichter geht es ihm von der Hand. Und je leichter es ihm von der Hand geht, desto heller wird es draußen. Er liest immer schneller und auch lauter, und zugleich sehen sie, wie die Wolken immer schneller über den Himmel davonziehen.

Am Ende bricht die Sonne hervor, und als er das Kapitel zu Ende gelesen hat, ist das Zimmer ganz von Licht erfüllt. Sie wissen gar nicht, wie ihnen geschieht, sie sind ganz geblendet von dem Licht, das da ins Zimmer scheint, und Arends Gesicht leuchtet so seltsam. Es ist ein Wunder, sie sind ganz außer sich, nur Arend ist gar nicht erstaunt. Ruhig schlägt er die Bibel zu, als wäre es die normalste Sache der Welt. Und er hat die Bibel kaum zugeschlagen, da ziehen auch schon wieder Wolken auf. Und wenig später fängt es an zu regnen.«

»Das ist doch wirklich ein starkes Stück! Wie ist denn das möglich«, murmelt der Schiffer.

Mit Genugtuung merkt Gerrit, dass seine Geschichte Eindruck gemacht hat. Er lehnt sich an den Kojenpfosten und presst die angezogenen Knie gegen den Tischrand.

»Ganz genau so war es«, fährt er fort, »sein Bruder Dirk hat es mir erzählt. Selbst war Dirk noch viel zu klein, um sich daran zu erinnern, aber du kannst die Familie fragen, die wissen es alle noch.«

Schiffer Kromhout fühlt, dass er jetzt aufpassen muss, was er sagt. Vielleicht hat Gerrit ja Recht, vielleicht haben sie es hier mit etwas zu tun, das nicht von dieser Welt ist.

»Ich weiß nicht, Gerrit«, sagt er leise. »Wir sollten der Sache wohl einfach noch ein wenig Zeit lassen.«

Mit diesen Worten steht er auf und geht zu der Bank vor seiner Koje. Dort steht der Arzneikasten. Er hockt sich hin und tut so, als suche er etwas. Er greift nach Fläschchen und Dosen, besieht sie flüchtig und stellt dann eins nach dem andern vorsichtig wieder zurück: Pillen gegen Fieber,

Rizinusöl, Bovist, Vaseline, Bleiessig, italienische Wundsalbe, Diapalmpflaster. Nachdenklich streichelt er den Kasten, dann schließt er den Deckel und richtet sich auf. Gerrit den Rücken zukehrend, studiert er das Barometer neben dem Kojenpfosten.
»Geh schon mal hinauf. Ich komme gleich nach«, sagt er.
Er hört, wie Gerrit aufsteht und um den Tisch herumgeht. Die steile Treppe, die aufs Deck führt, knarrt. Er wartet, bis Gerrits Schritte sich über seinem Kopf entfernt haben, dann dreht er sich um und setzt sich wieder an den Tisch.

Zeit lassen. Der Sache Zeit lassen. Der Schiffer greift nicht ein, sondern wartet. Unterdessen raucht er seine Pfeife, ohne zu merken, dass er selbst auch schon in den Bann dieses Mannes geraten ist, der behauptet, hinter die Dinge dieser Welt schauen zu können. Ein Mann Gottes, ein Mann nach Gottes Herzen, dessen Worte bei der Besatzung auf fruchtbaren Boden fallen, solange der Schiffer nicht einschreitet.
Er hat sein Schreibzeug hervorgeholt und das Schiffsjournal aufgeschlagen. Er klopft die Pfeife an seinem Stiefelabsatz aus und fegt ein paar Tabakkrümel vom Tisch. Dann schraubt er das Tintenfass auf, tunkt die Stahlfeder hinein und notiert in eckigen Buchstaben, dass an diesem Tag neun Kantje gefangen wurden. Kein schlechter Fang, im Vergleich zu gestern, da haben sie gerade mal ein Mantje aus dem Meer geholt. »Wind noch immer aus Nordost«, fügt er hinzu. Weiter gibt es nichts Ungewöhnliches zu berichten.

Er legt die Feder hin und bläst über die Seite, damit die Tinte schneller trocknet. Zufrieden besieht er den Eintrag. Der Tag ist um, das Ergebnis festgehalten.
Er schlägt das Journal zu, sein Daumennagel drückt eine Kerbe in den harten dunkelbraunen Umschlag. Über ihm klingen Stimmen und Schritte. Er horcht, aber dann ist es wieder still, nur die Trommelschläge der Taue gegen die gespannten Segel sind noch zu hören, und der Kessel tickt und stöhnt.
Wird es für die Männer nicht langsam Zeit, schlafen zu gehen?
Er sollte doch lieber mal nachsehen.
Widerwillig steht er auf. Er geht zu der schmalen Treppe und klettert aus dem stickigen Logis an Deck. Der frische Wind kühlt seinen verschwitzten Körper. Er holt tief Luft, um die scharfen Dämpfe von geteertem Tau und Schwefelwasserstoff aus seiner Lunge zu vertreiben. Die Nacht hat sich über die See herabgesenkt, der Himmel ist klar. Der Logger liegt fest an den Netzen und trotzt mühelos den schäumenden Wellen.
Gegenüber auf dem Vordeck macht er vier Männer aus. Drei von ihnen stehen beim Oberlicht des Logis, der vierte, Arend, mit dem Rücken zu ihnen in der Krippe.
Die Hände in den Taschen vergraben, geht der Schiffer auf die drei Männer zu. Sie blicken gebannt zu Arend hinüber.
»Was ist los?«, fragt der Schiffer. »Warum seid ihr nicht unten?«
»Tj...tja«, antwortet Hans Vooijs gedämpft stotternd wie immer, »wir warten auf Arend. Er steht da schon über

eine Stunde. Ich hab ihn gefragt, aber er ist noch nicht fertig, sagt er.«

»Was macht er denn?«

»Beten, ab und zu. Gerade haben wir noch gesehen, wie er auf den Knien lag.«

»Hat er sonst noch was gesagt?«

»Arend? Nein. Der sagt nichts, der steht nur da. Geh hin, sieh es dir an. Frag ihn selbst, würd ich sagen.«

Schiffer Kromhout lüpft seine Mütze und kratzt sich am Hinterkopf. Langsam geht er auf Arend zu, dessen hoch gewachsene Gestalt von den Lichtern aus der Krippe beschienen wird.

Er steigt über eine Planke und will die Hand auf Arends Schulter legen, um ihn auf sich aufmerksam zu machen, doch beim Anblick des breiten Rückens merkt er überrascht und erschrocken, dass er den Arm nicht heben kann. Im selben Augenblick dreht Arend sich um. Ein Lächeln erhellt plötzlich sein Gesicht.

»Mach dir keine Sorgen«, flüstert er, »alles wird gut. Wir sind in Gottes Hand, Schiffer, in Gottes Hand.«

Der Schiffer befühlt seinen Arm, der sich entspannt und seinem Willen wieder gehorcht.

***

Das Wetter bleibt während der ganzen Reise mehr oder weniger günstig. Strahlender Sonnenschein, eine leichte Brise und ruhige See, tagaus, tagein. Nur in der letzten Augustwoche ist es ein paar Tage bewölkt, hin und wieder regnet es kräftig bei völliger Windstille. Die *Noordster*

verfolgt den Hering in südlicher Richtung, bis zum vierundfünfzigsten Breitengrad, dann kommt sie vom Kurs ab und driftet in eine Welt hinüber, die so seltsam ist, dass darüber im Schiffsjournal nichts vermerkt werden kann.
In den Wochen, in denen noch gefischt wird, bleibt der Fang dürftig, außer in der zweiten Augustwoche, als sie an drei aufeinander folgenden Tagen im Ganzen fünfunddreißig Kantje fangen. Verschiedentlich wird gerade mal ein Mantje gefangen, manchmal sogar nicht mehr als ein Bratje, eine Pfanne voll.
Da der Fang so mager ist, haben sie viel Zeit, sich unter Arends Führung in Glaubensfragen zu vertiefen. Trotz des herrlichen Wetters sitzt die Besatzung dann lieber in der stickigen Kajüte als auf Deck. Arend weissagt jeden Tag freimütiger, und scheu lauschen die Männer Prophezeiungen, die sie lieber nicht hören würden, aber von denen sie sich auf unerklärliche Weise angezogen fühlen.
Ihnen werde ein Weg gezeigt, allen Gefahren zu entkommen, behauptet Arend. Gott habe mit ihnen etwas Besonderes vor, das fühle er ganz stark, wenn sie nur weiterhin Bekehrung erflehten und Ihm ihre Sünden bekennten.
Wenn er so versöhnlich spricht, sind sie dankbar. Sie glauben, dass es wirklich Gott selbst ist, der Arends Zunge lenkt. Sie sind wie die Jünger in der Geschichte vom Sturm auf dem See Genezareth.

Es dauert nicht lange, da fangen einige Besatzungsmitglieder an, das Wirken Gottes in ihren Herzen zu spüren. Eines Mittags gesteht Leen Guyt, dass er ein paar Nächte zuvor etwas Wundersames erlebt hat. Etwas, das so groß ist, dass er sich bis jetzt nicht getraut hat, darüber zu sprechen, aber weil Arend soeben erst mit einer ergreifenden Predigt über das Gleichnis vom Verlorenen Sohn seine Seele bewegt hat, fühlt er, dass er nicht länger schweigen darf.

Es sei wieder einmal eine Nacht der göttlichen Traurigkeit und der Reue ob der eigenen Sünden gewesen, sagt er. Er habe sich selbst so verabscheut, dass er nicht einmal mehr zu beten wagte. Er habe nach seinem Psalter gegriffen und in seiner Koje noch ein wenig im Katechismus und in den Trostsprüchen gelesen, aber alles, was er las, habe ihn nur noch weiter vom Herrn entfernt. Den Psalter legte er darum lieber beiseite, in eine Ecke seiner Koje, gleich neben seine Füße. Doch als er nachts wach wurde, weil sie die Netze einholen mussten, sah er, dass das Büchlein nun neben seinem Kopf lag, aufgeschlagen beim zweiunddreißigsten Psalm: »Selig ist der Mensch, dem der Herr die Sünden nicht anrechnet.«

»Und als ich das las, da kam auf einmal eine solche Freude in mein Herz, dass ich vor lauter Verwunderung zu zittern begann.«

»Aber kannst du nicht zwischendurch aufgewacht sein, und weißt es nur nicht mehr? Du hast den Psalter genommen, aber es wieder vergessen«, wirft Willem Hoek ein.

»Unsinn«, sagt Leen entrüstet, »ich hab die ganze Nacht fest geschlafen. Ich schlafe immer fest. Wenn ich zwischendrin aufgewacht wär, dann wüsste ich das ganz bestimmt noch.«

Er wischt sich eine Locke seines flachsblonden Haars aus der Stirn. Sein rosiges Gesicht färbt sich noch dunkler.

»Und meinst du, dass Gott der Herr dich jetzt ...«, setzt Cor Kloos behutsam an, aber er traut sich nicht, seinen Satz zu Ende zu führen.
Arend steht auf. Breit stellt er sich hin und schiebt die Hände in die Taschen, um Leen lange und prüfend anzusehen. Aber Leen hält dem strengen Blick stand; sein klares, offenes Auge bestätigt, dass er wahr gesprochen hat, und Arends Züge werden vor Rührung weich.
»O Leen, wenn es ist, wie du erzählst, dann kann ich nur sagen, der Herr hat sich deiner Seele angenommen. Das erst ist wirklich ein Wunder. Ein Gotteswunder von barmherziger Gnade«, sagt er verzückt.

Bekehrt müssen sie werden, aber sich selbst bekehren kann niemand, das wissen sie, das kann allein Gott. Denn in Adam ist die gesamte Menschheit in Sünde gefallen, und obwohl nach der Erwählungslehre Gott selbst den Sündenfall verfügt hat, tragen sie darum nicht weniger Schuld. Adam hat gesündigt wider Gott und hat, angestiftet vom Teufel, nach Evas Vorbild vom Baum gegessen.
Aber wie kann Gott, der zwar barmherzig, aber auch gerecht ist, den Menschen verurteilen für etwas, das Er schon vor der Erschaffung der Welt beschlossen hat? Wie konnten Adam und Eva, so sie wirklich vollkommen erschaffen worden waren und sich im Stand der Unversehrtheit befanden, ungehorsam sein und Gott beneiden? Hätten sie die sündigen Vorschläge des Teufels nicht empört von sich weisen müssen? Und wer hat dem Satan das Böse offenbart, ihm, dem gefallenen Engel, einem ursprünglich ebenfalls vollkommenen Geschöpf Gottes?

Wenn man den Gottesfürchtigen diese grundsätzlichen Fragen vorlegt und wenn man, wie ich, die alten Schriften studiert, dann wird einem alsbald klar, dass keiner von ihnen eine einleuchtende, den Gesetzen der Logik nicht spottende Antwort zu geben vermag. Die hoffnungslose Inkonsequenz ihrer unbarmherzigen Lehre verbirgt sich hinter einem Schleier von wortreichen Betrachtungen über die verderbte Art des Menschen, dargebracht in der undurchsichtigen Sprache Kanaans.

Nein, Tod und Hölle sind eine gerechte Strafe, sagen sie. Seit dem Sündenfall sei der Mensch allein der Gnade Gottes anheim gegeben. Selbst könne er nichts beitragen zu seiner Erlösung, denn »auch unsere besten Werke sind alle unvollkommen und mit Sünden befleckt«, behaupten die Verfasser des Heidelberger Katechismus. Indem wir gute Werke tun, vergrößern wir die Schuld gegenüber Gott sogar noch, denn Gott sei es, der »sowohl das Wollen als auch das Wirken in uns bewirkt«. Es sei Gott, der uns eingebe, Gutes zu tun, von uns aus könnten wir einzig und allein Böses tun, da wir nun einmal »dermaßen verderbt sind, dass wir ganz und gar untüchtig sind zu einigem Guten und geneigt zu allem Bösen«. Aber obwohl wir des freien Willens ermangeln – des freien Willens, das Gute zu tun –, würden wir doch verantwortlich gemacht für unsere Taten und am Jüngsten Tag entsprechend gerichtet werden.

Nur sehr wenige entgingen der Strafe Gottes: die Auserwählten, sie, die Gott wahrhaft bekehren wolle. Nur die wahrhaftige Bekehrung könne den Menschen von den ewigen Qualen der Hölle erretten.

Natürlich gebe es auch eine Bekehrung im allgemeinen Sinn des Wortes. Der Mensch könne durch die Gnade Gottes zur Einkehr kommen, sich Seiner Allmacht beugen und der sündigen Welt den Rücken zukehren. Aber damit sei er noch nicht am Ziel. Sogar wenn er sein Leben lang jeden Sonntag zwei Mal in die Kirche gehe und sich seiner Sündenschuld bewusst sei, könne er dennoch von Gott verworfen werden. Die *wahre* Bekehrung, darum gehe es. Sie führe den Menschen auf einen langen, kummervollen Weg und gehe mit mystischen Erfahrungen einher.

Davon wissen die Auserwählten auch wunderbare, manchmal schaurige Geschichten zu erzählen. Wie ihre Sünden zu einer unerträglichen Last wurden, wie sie sich von Gottes Gnade abgeschnitten fühlten und schließlich, völlig gebrochen und vom Teufel heimgesucht, in den Tiefen der Hölle anlangten. Wie Gott dann aber eingriff und sie – meist auf wunderbare Weise – wissen ließ, dass sie auf Versöhnung in Christus und Verschonung von Strafe hoffen dürften.

Ob eine Bekehrung wahr gewesen ist oder nur eingebildet, was auch vorkommt, das muss der weitere Lebenswandel des Bekehrten zeigen. Denn: »An ihren Früchten werdet ihr sie erkennen«, sagt die Bibel. Tiefer, tiefer noch muss der wahrhaft Bekehrte sich vor dem Angesicht Gottes demütigen. Er muss in der Lage sein, von immer neuen Wundern, die ihm widerfahren, von göttlichen Prüfungen und Anfechtungen des Teufels zu berichten, will er sich seiner Auserwähltheit sicher sein.

»Mein Joch drückt nicht und meine Last ist leicht«, sagt Christus, aber Paragraphenreiter wie Ledeboer, Boone,

Hellenbroek und Kersten predigen einen ganz anderen Erlöser. Sie folgen dem Juristen Calvin und errichten einen Damm aus zentnerschwerer Dogmatik zwischen dem Menschen und seinem Schöpfer. »Weh euch, ihr Heuchler!«, warnt diese Christus, »ihr verschließt den Menschen das Himmelreich. Ihr selbst geht nicht hinein; aber ihr lasst auch die nicht hinein, die hineingehen wollen.«

Unter der Last ihrer Sünden, den drohenden Weltuntergang vor Augen, schärfen Arends Anhänger ihre Wahrnehmung fortan für jedes Zeichen der Gnade. Psalmverse fallen ihnen spontan ein, Gebete werden auf wunderbare Weise erhört, Gott der Herr scheint tatsächlich etwas Besonderes mit ihnen vorzuhaben. Wenn sie weder aus noch ein wissen, schlagen sie die Bibel auf, und ihr Blick fällt sofort auf eine ermutigende Stelle. Einmal sieht Klaas van Beelen den Schatten eines Kreuzes in seiner Koje, andere behaupten, nachts seien sie Heimsuchungen und Anfechtungen ausgesetzt. Darüber muss dann am nächsten Morgen ausführlich mit Arend gesprochen werden, denn der kennt alle Stufen der wahrhaften Bekehrung und kann ihnen sagen, wie weit sie fortgeschritten sind auf dem Weg der Heiligung.
Bald schon genügen ein paar Stunden geistlicher Übung im Logis nicht mehr. Auch beim Holen und Aussetzen der Fleet wird über Glaubensfragen gesprochen. Immer wieder ruht die Arbeit sogar ganz, wenn der Geist Gottes plötzlich über Arend kommt. Neben der Krippe oder – wenn sie die Netze einholen – dem Gangspill stehend, hebt er in Verzückung die rechte Hand, und dann unter-

brechen alle sofort die Arbeit und umringen ihn. Einmal befiehlt der Geist ihm zu prophezeien, ein andermal verspürt er einen unwiderstehlichen Drang zu beten, und dann sinken sie vor ihm in die Knie und entblößen das Haupt. Und sie singen. Sie singen ständig, aber nicht die Lieder, die sie sonst beim Holen und Aussetzen singen, sondern die gereimten Psalmen Davids. Oder Arend lässt sie eine Bibelstelle, von der er meint, sie sei von größter Wichtigkeit, immer wieder aufsagen, damit sie sie nie mehr vergessen. Mindestens sieben Mal. Jedenfalls so oft, wie er es für nötig erachtet.

Schiffer Kromhout lässt dies alles geschehen, aus Respekt vor der Kraft des Heiligen Geistes, der in Arend wirkt. Die wenigen, die noch zögern, ganz in die magische Welt des Glaubens einzutreten, wagen nicht, sich etwas von ihren Zweifeln anmerken zu lassen, und halten sich im Hintergrund. Die Anziehungskraft ist groß, doch sie warten ab und sehen zu; sie lauschen der tiefen, kräftigen Stimme, die alles durchdringt, in allen Räumen und Kajüten zu hören ist. Und wenn die Stimme einmal kurz verstummt, warten sie so lange, bis sie sie wieder hören.

Durch das viele Predigen und Beten bleiben sie ständig mit der Arbeit zurück. Auf Kuttern, die in der Nähe fischen, beobachtet man, dass die Besatzung der *Noordster* oft sehr spät die Netze einholt und wenig fängt. Ein Seemann würde daraus auf mangelndes Können schließen, und normalerweise würde es den Männern der *Noordster* gegen die Ehre gehen, wenn sie wüssten, dass andere so über sie denken. Jetzt aber ist ihnen das Urteil anderer gleichgültig. Arends Anhänger machen sich auf zum

Jüngsten Gericht, die Welt um sie herum ist nebensächlich geworden. Kommt ein anderes Schiff in ihre Nähe, vermeiden sie tunlichst jeden Kontakt.
Nach und nach übernimmt Arend das Kommando über die *Noordster*. Seine von Gott eingegebenen Vorschläge klingen mehr und mehr wie Befehle. So kann es passieren, dass er plötzlich irgendwo eine unbestimmte Gefahr wittert, und schon ändern sie den Kurs und segeln zu sichereren Gewässern. Solange Schiffer Kromhout Arends Anweisungen nur treulich befolgt, sind sie in Gottes Hand und brauchen sich vor nichts zu fürchten.

Eines Morgens stürmt Maat Gerrit Boezaard ins Logis vorne unter Deck, in der Hand schwenkt er Bilder von seiner Frau und seinem Schwiegervater, die er in einer plötzlichen Anwandlung von Raserei gegen die Wand seiner Koje geworfen hat.
»Es ist aus und vorbei!«, tobt er. »Ein für alle Mal, sage ich euch!«
Sie verstehen sofort, was er meint. Alle wissen sie von den Schwierigkeiten, die er zu Hause hat. Dass seine Frau und sein bei ihnen wohnender Schwiegervater es mit der Religion nicht so genau nehmen und den Seelen seiner Kinder Gewalt antun. Darüber hat Gerrit schon oft mit Arend gesprochen, und der hat ihm gesagt, er dürfe das nicht hinnehmen, andernfalls werde er in Gottes Augen mitschuldig am Untergang seiner Familie. Er müsse sich entscheiden, sagt Arend, für oder gegen Gott, aber als Familienoberhaupt müsse er mit Josua sagen können: »Ich aber und mein Haus wollen dem Herrn dienen.«

Anscheinend hat Gerrit sich entschieden, denn wütend schmeißt er die beiden Fotos auf den Boden und spuckt auf sie.
»Wenn dieser Heuchler nicht tut, was ich sage, schlag ich ihn tot! Jawohl! Und Jaantje, die muss auch aufpassen, ihr ganzes Tun und Treiben ist so gottlos, so falsch. Sogar meine eigenen Kinder wiegelt sie gegen mich auf. Aber wartet nur, bis ich nach Hause komme! Dann setzt es was!«
Dem Schiffer und Arend gelingt es nur mit großer Mühe, Gerrit zu besänftigen. Er zerrt die Fotos aus ihren Rahmen, zerreißt sie und trampelt auf den Schnipseln herum, als wolle er das Feuer einer jahrelang angestauten Wut austreten. Erst als Arend ihn an den Schultern packt und auf die Bank vor seiner Koje zwingt, kommt Gerrit zu sich. Am ganzen Leib zitternd, starrt er vor sich hin.
Arend kniet sich zu ihm und fragt ihn, ob sie für ihn beten sollen. Gerrit nickt niedergeschlagen, worauf Arend ein Gebet spricht und dem Herrn dankt, dass Er Gerrits Augen für die Gefahr geöffnet hat, in der seine Familie schwebt. Gerrit hört, wie die anderen Gott um Beistand anflehen, und bricht in Tränen aus. Von so viel Mitgefühl gerührt, beteuert er, sein Haus werde fortan dem Herrn dienen.

***

Zwei Tage nach Gerrits Ausbruch sitzen sie wieder im Logis beisammen. Sie haben gerade gekeekt, einen Fang von zwei mickrigen Kantje. Arend spricht über den stol-

zen König Belsazar und den *Mene, Mene, Tekel, U-pharsin* schreibenden Finger Gottes. Natürlich predigt er auch wieder über die Zeichen der Zeit.
Plötzlich unterbricht er seine Ausführungen und senkt die Stimme.
»Die Zeichen sind deutlich, nur nicht für alle sichtbar.«
Dabei lächelt er Klaas von Beelen an, der neben ihm sitzt. Sie tauschen einen Blick des Einverständnisses.
»Soll ich's ihnen erzählen?«
Klaas nickt.
»Also, schon eine Zeit lang tut sich etwas. Schon ein paar Tage fällt mir etwas auf, das keiner von euch bemerkt hat. Erst dachte ich, ich halte lieber den Mund, aber jetzt hat Klaas es auch gesehen. Stimmt's, Klaas?«
»Ja, stimmt.«
»Also, dann sage ich es jetzt ... Leute, wir haben Geister an Bord. Nicht immer, aber manchmal sehe ich sie nachts dasitzen. Sie sitzen auf den Masten und den Segeln. Sie tun nichts, sie sagen nichts, sitzen nur da. Ich glaube, sie sind gerade vom ersten Tod erweckt worden und warten jetzt auf das Gericht, das bevorsteht. In der Bibel steht etwas darüber. Über den ersten und den zweiten Tod. Man kann sie nur nicht besonders gut sehen, stimmt's, Klaas? Es ist immer, als hinge eine Art Nebel um sie herum.«
Beim Gedanken daran, dass Geister an Bord sind, die sie nachts belauern, bricht den Männern der Angstschweiß aus. Was wollen diese Geister von ihnen?
Arend gibt zu, dass auch er es nicht weiß. Aber sollten es wirklich böse Geister sein, so können sie ihnen doch nichts anhaben, sagt er. Klaas und er haben nämlich noch

etwas anderes gesehen. Etwas, das mindestens genauso erstaunlich ist.
Aufgeregt pflichtet Klaas ihm bei. Ja, ein Mann sei da gewesen. Ein bärtiger Mann in einem langen Gewand. Er saß mit verschränkten Armen auf dem Steven und sah die Geister grimmig an, als würde er sie bewachen. Nein, ein Engel war es nicht, denn er hatte keine Flügel; er ähnelte eher einem Heiligen aus der Bibel. Es könnte durchaus der Apostel Petrus gewesen sein. Er, Klaas, habe sich nicht getraut, die seltsame Erscheinung zu befragen; er habe nur wie angewurzelt dagestanden, genau wie Arend, aber jetzt, wo er darüber nachdenke, doch, ja, Arend könne durchaus Recht haben: es könnte der Apostel Petrus gewesen sein. Sie haben ihn nur ganz kurz gesehen, eine halbe Minute höchstens, aber lange genug, um ihn genau betrachten zu können. Bevor er sich in Luft auflöste, sei er noch kurz vor dem Schiff hergeschwebt. Als ob er ihnen den Weg zeigen wollte.
Sie sehen sich an, wissen nicht, was sie von der Geschichte halten sollen. Hat sich wirklich abgespielt, was er da erzählt? Klaas sagt und tut nämlich öfter seltsame Dinge, und auch wenn der Herrgott in sein Herz eingekehrt ist, nehmen sie ihn, ehrlich gesagt, immer noch nicht für voll. Im vergangenen Winterhalbjahr hatte er sich in ein Mädchen verliebt, das schon ein Techtelmechtel mit einem anderen bei der Handelsschifffahrt hatte, etwas, das Klaas als Einziger im Dorf nicht wusste oder in seiner Naivität nicht wissen wollte. Wochenlang war er dem Mädchen nachgelaufen. Er wartete beim Bäcker auf sie, bei dem sie arbeitete, und strich allabendlich mehrmals um ihr Haus.

Doch als der Liebste des Mädchens nach einem Jahr der Abwesenheit zurückkehrte und von Klaas' amourösen Absichten Wind bekam, schlug er ihn in der Voorstraat im Beisein des halben Dorfes zusammen. Obwohl Klaas bestimmt einen Kopf größer war als sein Rivale, wehrte er sich nicht, so bestürzt war er über den Verrat des Mädchens, das ihn all die Zeit mit herausfordernden Blicken hingehalten und sich auf seine Kosten mit ihren Freundinnen amüsiert hatte. Außerdem soll er mit blutigem Gesicht zur Heiterkeit der Umstehenden gesagt haben, der Junge sei im Recht. »Ich hätte mich selbst auch zusammengeschlagen.« Über so viel Dummheit und Liebeskummer konnte man sich im Dorf sehr belustigen.
Auch an Bord wurde Klaas lange von allen gehänselt, bis Arend ihn in Schutz nahm und die anderen ermahnte, sich nicht an anderer Leute Schwäche zu ergötzen, denn das sei dem Herrn ein Gräuel.
Diejenigen, die wegen Klaas' Einfalt an seinem Erlebnis zweifeln, sehen sich schon bald getäuscht. In den folgenden Nächten sehen bereits mehrere die Geister und auch den mysteriösen vierzehnten Mann, von dem sie nicht sicher wissen, ob es wirklich der Apostel Petrus ist.
Die Erscheinungen sorgen für viel Unruhe unter den Männern. Tagsüber wähnen sie sich noch einigermaßen in Sicherheit, aber sobald es dunkel wird, wagen sie nicht mehr, allein an Deck zu gehen. Das Holen der Fleet wird jetzt mit fliegender Hast erledigt, und jedes Mal – als hätten die Geister ihre Hand im Spiel – sind die Netze leer.
Nach drei Tagen sind sie der Verzweiflung nahe. Abends verschanzen sie sich wieder ängstlich im vorderen Logis

und Schiffer Kromhout wendet sich an Arend: »Was sollen wir bloß machen? So geht es doch nicht weiter.«
Arend streicht sich über den kahlen Schädel und kratzt sich am Kinn. »Wir müssen beten. Durch die Kraft des Gebets können wir das Schiff reinigen.«
»Aber wir beten doch schon.«
»Dann müssen wir eben *gemeinsam* beten«, sagt er und steht auf, »von ganzem Herzen. Und wir müssen daran glauben, dass es möglich ist. Dass die Geister verschwinden. Wenn Gott der Herr will, dass es geschieht, wird es geschehen – daran muss jeder, aber ausnahmslos jeder glauben. Mit dem Glauben können wir Berge versetzen.«
Arend lässt sich auf die Knie nieder, auch die anderen knien sich hin und senken den Kopf. Wohl eine halbe Stunde lang fleht er Gott den Herrn an, sie von den Geistern und dem Heiligen zu erlösen; dann singen sie alle zweiundzwanzig Verse des achtunddreißigsten Psalms, eines Bußpsalms.
Noch in der selben Nacht erhört der Herr ihr Gebet und beschehrt ihnen einen Fang von elf Kantje. Die Geister bleiben endgültig fort. Nur den Heiligen sollten sie noch einmal zu Gesicht bekommen, doch das war am Ende der Reise, als sie dem Tod ins Auge sahen.

Nicht lange danach schlägt der Wahnsinn bei einem anderen Anhänger Arends, Hans Vooijs, zu.
Es ist Nacht, kurz vor Sonnenaufgang. Hans steht zwischen den Wantenspannern und schüttelt die Netze aus, in einem hat sich ein Nasenhai verfangen. Das fast drei Meter lange Ungetüm klatscht auf das glitschige Deck auf,

schlägt mit Kopf und Schwanz um sich und rutscht Hans vor die Füße. Erschrocken springt Hans zurück. Die Augen starren ihn an.
»Er ist besessen! Der Teufel – wir haben den Teufel an Bord!«
Schreiend rennt Hans weg, um kurz darauf mit einer Dissel zurückzukehren, mit der er wie ein Wahnsinniger auf den um sich beißenden Nasenhai einhackt.
»Mach ihm den Garaus! Zerhack ihn!«
Von seiner Raserei angesteckt, holen sie Schaufeln, Disseln und ein Beil und schlagen auf den toten Fisch ein. Sie hacken und stechen in den harten Leib, bis das Blut des teuflischen Tiers durch die Luken strömt. Hans nimmt Cor Kloos das Beil ab und hackt den Hai in Stücke. Unter lauten Beschwörungen und Verwünschungen wirft er die Reste über Bord. Keuchend und blutbeschmiert bleibt er schließlich vor Arend stehen.
»Er ist weg, Arend.«
Alle warten gespannt auf Arends Reaktion, doch der schüttelt den Kopf.
»Ich weiß nicht, ob es wirklich ein Teufel war«, sagt er. »Möglich ist es schon, dass der Böse uns dieses Ungeheuer geschickt hat, aber sicher bin ich mir nicht.«
»Es sah doch ganz danach aus«, beharrt Hans. »Ich hab es an seinen Augen gesehen.«
Arend zuckt die Achseln. »Mag sein. Wir wissen es nicht.« Zur allgemeinen Beruhigung betet er laut das Vaterunser und stimmt einen Psalm an.

Dieser Vorfall ereignete sich am frühen Morgen des 4. September, sie waren bereits fast einen Monat auf See. Es war der Samstagmorgen, an dem zum letzten Mal geholt wurde.

Es nieselt in seinem Traum. Er steht am Strand und sieht einen Mann, der mit dem Rücken zu ihm zusammengesunken in einem Lehnstuhl vor der Brandung sitzt. Rhythmisch weicht das Meer zurück, sammelt sich, greift an und peitscht die Wellen über den harten Sand jeweils etwas näher an den Mann im Lehnstuhl heran. Der Mann bewegt sich nicht, nicht einmal, als in der Ferne bedrohliche Hufschläge ertönen.

Aus dem Nebel, der über der Küste schwebt, taucht ein Pferd auf. Ein pechschwarzes Pferd, das sich in den Dünen losgerissen hat und in wildem Galopp über den Strand dahinfliegt. Er möchte schreien und den Mann im Lehnstuhl warnen, doch er bringt keinen Laut heraus; machtlos schaut er zu. Schnaubend nähert das Pferd sich mit vor Angst weit aufgerissenen Augen, doch kurz bevor es den Mann tritt, strauchelt es und stürzt erschöpft in die Brandung. Aus seinem aufgeplatzten Bauch quellen die Eingeweide hervor, das Meer färbt sich rot. Das Pferd hebt den Kopf und wiehert im Todeskampf. Dann überrollen die Wogen das Tier und decken es auf ewig zu.

Der Mann im Lehnstuhl bewegt sich immer noch nicht; er flößt ihm Angst ein. Doch da seine Neugier stärker ist, nähert er sich ihm auf Zehenspitzen. Er muss in die Knie gehen, um das Gesicht betrachten zu können.

Es ist sein Vater. Er trägt einen schwarzen Anzug, seine nackten Füße ruhen auf einem nass gespritzten Schemel, die strengen Hände hat er im Schoß gefaltet. Sein bleiches Gesicht ist in heiligem Zorn erstarrt. Er ist nicht mehr von dieser Welt; er ist gekommen, um ihn nach seinen Verfehlungen zu beurteilen. Noch bevor sein Vater das Gesicht heben kann, um ihn zu strafen, reißt er sich mit aller Macht von dem Traum los.

Mit einem erstickten Schrei fährt er in seiner Koje hoch. Fiebrig sucht er das Dunkel mit den Augen ab. Dann spürt er das Schaukeln des Schiffes, lässt sich erleichtert zurückfallen und vom Meer wiegen.

Heiß ist ihm. Er tritt die Pferdedecke von sich, wischt sich Gesicht und Brust, die schweißgebadet sind, mit seinem Flanellhemd ab und faltet die Hände. »Ach, Herr, so gehe nicht an deinem Knecht vorüber«, murmelt er. Doch seine Worte steigen nicht zum Himmel auf. Der Weg zum Thron der Gnade scheint ihm verwehrt.

Durst. Sein Mund ist wie ausgetrocknet.

Er schiebt die Läden seiner Koje auf und lässt sich von der schmalen Pritsche auf den Fußboden gleiten. Die Petroleumlampe ist ausgegangen, die Nacht muss bald vorüber sein, denn die dunkelblaue Kühle des frühen Morgens dringt durch das Oberlicht herein. Auf leisen Sohlen schleicht er in die Kombüse hinten im Logis. Aus dem Schrank mit dem Essgeschirr nimmt er einen Becher, den er unter die Pumpe hält. Nachdem er den Schwengel ein paar Mal betätigt hat, strömt das schon brackig werdende Wasser in den Becher. Er trinkt, spült den Mund und spuckt in die Pütze. »Das schnaubend Ross muss schließlich fallen« … »Und ich, Johannes, trat an den Sand des Meeres« … Vom Traum noch ganz benommen, lauscht er dem Schnarchen der anderen. Ein rhythmischer Disput, ein gegenseitiges Drohen, das manchmal von einem Seufzer des Entsetzens abgelöst wird.

Frische Luft, er braucht frische Luft.

Er setzt sich auf die Bank vor seiner Koje und zieht die Stiefel an. Nur kurz auf Deck nachschauen. Das Meer sehen.

Auf Zehenspitzen geht er zur Treppe, die gemein knarrt, als er sich auf eine Stufe stellt und sich an der Querstange über der Luke hochzieht. Er steckt den Kopf hinaus und sieht, dass der Himmel dunkler ist, als er erwartet hat. Eine sanfte Brise streicht über die flappende Takelage. Das Schiff kreuzt mit gerefften Segeln, denn der Tag des Herrn ist angebrochen.

Er dreht den Kopf nach allen Seiten und sucht das Firmament ab. Aschgraue Wolken. Zwischen ihnen segelt der Mond dahin. Ein zunehmender Mond mit einem Hof aus leuchtendem Dunst. »Das Leben ist Schall und Rauch, der Tod winkt uns zu jeder Stunde.«

Etwas hält ihn davon ab, an Deck zu gehen. Er fühlt das Mondlicht auf dem Gesicht, die Todesglut dringt in seinen Körper ein. Er lässt sich wieder fallen und schleicht zu seiner Koje zurück. Es ist noch sehr früh, er sollte sich noch ein wenig schlafen legen.

Ein Husten unterdrückend, streckt er sich auf seiner mit Haferspreu gefüllten Matratze aus. Er schiebt die Läden zu und schließt die Augen.

Kaum hat er sich hingelegt, fühlt er, wie der Schlaf ihn übermannt. Das Schnarchen um ihn verzerrt sich zu einem schwachen Echo. Die Schwere in seinem Kopf stürzt zusammen, er gerät in einen Strudel, der ihn weiter hinabzieht – eine Empfindung zwischen Wachen und Träumen, vor der er sich schon als Kind gefürchtet hat, der er sich aber inzwischen bereitwillig hingibt. Eine Schattenwelt öffnet sich. Schemen umdrängen ihn.

Wasser strömt aus der Pumpe. Gesichter sprechen, wenden sich ab. Das Deck im Mondlicht. Er beugt sich über den Reepraum, steigt hinab, immer tiefer hinab, bis er wieder Kind ist: der kleine Junge, der er war, in seinem Sonntagsanzug, auf einem Kohlenhaufen im Schuppen hinter dem Elternhaus. Da steht der Vater drohend im Eingang: »Komm da runter! Du ruinierst dir die guten Sachen!« Er sieht, wie seine weißen Holzschuhe schwarz werden vom Grus, aber ach, die Mutter wird sie schon wieder weiß machen! Er bleibt stehen, wo er steht, und wagt es, dem Vater die Stirn zu bieten. Dieses Gefühl ist neu; er genießt die spontane Auflehnung. Solange er so stehen bleibt, kann ihm nichts passieren, denn der Vater wird sich schwer hüten, in seinem guten Anzug in den Kohlenschuppen zu klettern. Sollte er doch versuchen, ihn zu erwischen, er kann sich immer noch an die Wand drücken, dann bleibt er bestimmt außer Reichweite. Je mehr sein Vater flucht und wettert, desto stärker fühlt Arend sich. Er weiß, dass ihn Prügel erwarten, sobald er von den Kohlen herunterspringt, doch wann er geschlagen wird, das bestimmt er. Zwar sieht er, dass er seinen Vater schon fast zur Weißglut getrieben hat, aber er wird erst dann aus dem Schuppen herauskommen, wenn es ihm passt.

Gut gemacht! Zufrieden kehrt er dem Kind den Rücken zu. Der Blick in ein Grab, in das man gerade den Sarg herabgelassen hat. In die »frisch gegrabene Grube der Verwesung«, wie der Pastor immer sagt, dem der Wind den langen grauen Bart an den Hals drückt. Der Strand ist leer, das sterbende Pferd in der Brandung schlägt hilflos mit dem Kopf auf die Wellen, und dennoch bleibt das Glücksgefühl, obwohl es dunkler wird – obwohl es Nacht wird und der Kohlenhaufen sich jetzt in einen hohen Hügel verwandelt, auf dem vor dunklem Himmel ein Kreuz aufragt.

Plötzlich wird es ganz still. Es ist, als würde er zu dem Kreuz hinangezogen. Als er direkt davor steht, neigt es sich weit nach vorne, und er sieht dem Mann, der daran hängt, ins Gesicht: dem schmächtigen Schmerzensmann mit der Dornenkrone und dem qualvoll verzerrten, blutigen Antlitz. Sein Blick gleitet über den nackten Körper, über das weiße Lendentuch hinab zu den gekreuzten, durchbohrten Füßen, und wieder aufwärts. Der zunehmende Mond segelt zwischen Wolken aus Rauch und Asche hindurch. Aus der verkrampften Rechten fällt langsam ein Blutstropfen, der vor seinen Füßen zerplatzt. Das Echo in der Stille erstickt sein Glücksgefühl.

Von tiefem Mitleid erfüllt, sieht er den Gekreuzigten an, doch dessen Züge sind auf einmal so ruhig und sanftmütig, und Er durchbohrt ihn mit Blicken so reiner Liebe, dass ihm die Tränen kommen. Noch weiter neigt sich das Kreuz nach vorne – so weit, dass er den Atem des sterbenden Jesus auf der Haut spürt. Aus nächster Nähe nickt der Heiland ihm zu, dann öffnet er den Mund. Christus spricht zu Arend und der Welt: »An diesem habe ich mein Wohlgefallen.«

Die Stimme ist leise, aber deutlich. Er träumt, das weiß er, und zugleich erkennt er, was er da sieht und hört. Er ist sich sicher, dass die Erscheinung nicht verschwunden ist, wenn er die Augen öffnet. »An diesem habe ich mein Wohlgefallen«, er hört es nochmals, während Christus ihn weiter anschaut und seine unendliche Liebe über ihn ausgießt. Arend stockt der Atem, er weint vor Glück. Er sieht, wie Christus mit letzter Kraft den Kopf hebt und zufrieden um sich schaut, in die dunkle Welt hinein.

»Es ist vollbracht.«

Die Augen brechen, der Kopf sinkt auf die Brust, Arend atmet Seinen letzten Atemzug ein. Dies ist das Ende. Er fühlt, wie sich die Welt über ihm schließt. Keine Zweifel mehr, sondern ewige Ruhe. Keine Angst, sondern himmlischer Frieden. *Alle Tränen. Von ihren Augen. Abwischen.*

***

Der Himmel verblasst, die Sonne geht auf, und einer nach dem anderen wird durch Stimmen an Deck geweckt. Sie steigen aus ihren Kojen und klettern neugierig aus dem Logis vorne im Schiff, um zu sehen, was los ist.

Arend steht am Fockmast und redet mit Schiffer Kromhout und Maat Gerrit Boezaard. Aus einiger Entfernung sieht Jacob Hoek aufmerksam zu. Es ist noch früh am Morgen, eigentlich zu früh für einen Sonntag, um schon auf den Beinen zu sein. Der Morgennebel löst sich auf, Wolken schleichen sich heran. Einer nach dem anderen gehen die Männer auf Arend zu, der jedem feierlich die Hand reicht, als begegneten sie sich heute zum ersten

Mal. Ruhig, aber mit begeistertem Blick, berichtet er von seiner Vision.
Heute Nacht sei er mit und in Christus gestorben, sagt er. Mindestens eine halbe Stunde lang sei er tot gewesen, geistig tot. Er habe den Menschensohn am Kreuz hängen sehen, er habe Seinen Schmerz gefühlt und Seine Stimme gehört. Es gebe kaum Worte, die beschreiben könnten, was er gehört und gesehen habe, so wundersam sei es gewesen, und doch so echt. In der Vision habe Christus ihm zugenickt und mit lauter Stimme gesagt, an Arend habe Er sein Wohlgefallen. Seinen letzten Atemzug habe er ihm eingehaucht, dann habe der Geist Arend weggeführt und er sei wie ein Toter gewesen. Nein, gefürchtet habe er sich keinen Augenblick, denn in jener wunderbaren halben Stunde seines Todes habe Christus ihn in die Ewigkeit eingeführt, in den Rat des Friedens, und was da geschah, das sei unbeschreiblich, so groß. Der alte Mensch mit seiner verderbten Natur, der habe dran glauben müssen, der sei abgestorben, von dem habe Christus ihn ein für alle Mal erlöst. Seit heute Nacht verkehre er mit seinem Schöpfer wie Adam im Stand der Unversehrtheit: in wahrem Wissen, wahrer Gerechtigkeit und Heiligkeit.
Er merke, dass es ihn sanftmütig gemacht habe. Sein Herz sei noch voll von all der Liebe, die Christus ihm geschenkt habe.
Sie merken es ebenfalls. Arends Stimme ist heiter, seine Bewegungen sind beinahe zärtlich.
Nachdem er aus seiner Glückseligkeit erwacht sei, habe er die schönste Musik gehört. In stillem Staunen habe er unter der Pferdedecke gelegen. Schon bald habe er es in

seiner Koje nicht mehr ausgehalten und sei an Deck gegangen. Beim Anblick des neuen Morgens habe er den Fockmast umarmt und mit zitternder Stimme und Tränen in den Augen aus dem hundertsechzehnten Psalm »Ich liebe den Herrn« gesungen, drei Strophen hintereinander. Jacob Hoek, der Wache stand, habe ihn erstaunt beobachtet und sei nach hinten gegangen, um Schiffer Kromhout und Gerrit Boezaard zu holen. Sie seien die Ersten gewesen, die von dem Gotteswunder hörten. Sie hätten ihn umarmt, so bewegt seien sie gewesen.

Bewegt sind fast alle. Dieser kräftige Mann, den Gott berührt und am Geheimnis des Heils hat teilnehmen lassen. Er breitet die Arme aus und öffnet ihnen sein Herz.

»Ihr braucht keine Angst zu haben. Es werden fürchterliche Dinge geschehen, das müsst ihr mir glauben, aber hier an Bord sind wir unter seinen Flügeln geborgen. Christus hat sein Mittlertum vollendet. Heute Nacht war ein Stillschweigen im Himmel, ich habe es erlebt. Mir wurde kundgetan, dass es bald um die Welt geschehen ist, doch ich darf euch noch Worte des Trostes schenken, Gott der Herr will euch noch Mut machen. Denn Er und ich, wir wissen, was im Herzen vieler von euch in letzter Zeit bewirkt wurde. Dass darin die wahrhafte Gottesfurcht geboren ist, hab ich Recht oder nicht?«

Er wartet und sieht sie fragend an. »Oh, wenn das so ist, müsst ihr mir nochmals davon erzählen. Bezeugt es nochmals, wie der Herrgott sich eurer Seele angenommen hat.«

Leen Guyt ergreift sofort die Gelegenheit, noch einmal vom Wunder des Psalters zu berichten. Eine Geschichte, die sie inzwischen zu oft gehört haben. Doch als Arend sich anschließend an Cor Kloos wendet, der sich seinen Ermahnungen nie ganz hat fügen wollen, stellt sich zur allgemeinen Überraschung heraus, dass auch seine Seele Fingerzeige von Gott empfangen hat. Der Reihe nach nimmt Arend sie sich vor und kommt so zu einer gründlichen Inventarisierung von Gottes Wirken; erst jetzt, weil Arend so nachdrücklich danach fragt und die Zeugnisse sich häufen, merken sie, wie großartig und wunderbar der Herr in den vergangenen Wochen an Bord tätig gewesen ist.

Erschüttert sehen sie einander an. Söhne desselben Hauses, die wie Brüder zusammenwohnen.

Als fast alle ihre Geschichte erzählt haben, ergreift Arend wieder das Wort. Sie hören schöne Worte über das Leben in Ewigkeit. »Und der Tod wird nicht mehr sein, noch Leid, noch Geschrei.« Oft verstehen sie ihn nur halb, aber aus seinen Worten spricht so viel Zuneigung, dass auch die Verstockten unter ihnen, die wenigen, die keine Bekehrungsgeschichte zu erzählen haben, von Rührung ergriffen werden.

Dann ist Arend müde. Sein fleischiges Gesicht zeigt deutliche Spuren der bewegten Nacht. Segnend hebt er die Hände und verschwindet im Logis. Sie geben sich Mühe, so wenig Lärm wie möglich zu machen, und sitzen den ganzen Vormittag auf dem Achterdeck in der Sonne.

Von diesem Zeitpunkt an sind alle seine Gedanken und Gefühle von Gott eingegeben. In der vergangenen Nacht ist ihm Christi Atem eingeblasen worden; der hebt und senkt ihm nun die Brust und liebkost seine Stimme, wenn er spricht. Er ist erlöst, Gott hat ihm Gutes getan. Ein neu Geborener ist er. Wer würde es wagen, mit einem Gesalbten Gottes zu streiten?

***

Es ist schon Mittag, als Arend sich endlich wieder blicken lässt. Sie haben Hunger und sind froh, dass Cor Kloos jetzt in die Kombüse kann, um für das Essen zu sorgen.
Offenbar haben die paar Stunden Schlaf Arend nicht gut getan, denn er reagiert kaum auf ihren Gruß und sieht mit besorgter Miene über sie hinweg. Er murmelt etwas vor sich hin, stiefelt ruhelos auf dem Deck herum. Sie trauen sich nicht, zu ihm zu gehen, und bleiben in ehrfürchtiger Distanz auf dem Achterdeck stehen. Sie warten, bis sie zum Essen hinuntergehen können. Es gibt Kartoffeln mit Speck und Graupen.
Während des Essens wird wenig geredet. Kurz lachen sie auf, als Keesje Imthorn zu seinem eigenen Schrecken einen lauten Furz lässt, doch als sie die Verärgerung in Arends Gesicht und seinen gehetzten Blick sehen, verstummen sie beschämt.
Plötzlich wirft er seinen Löffel wütend in den Trog.
»Ihr braucht euch nicht einzubilden, dass ihr schon am Ziel seid, nur weil ihr ein klein wenig von Gottes Gnade und Güte erfahren durftet! Bei manchen von euch habe ich eine tödliche Selbstgefälligkeit bemerkt. ›Prüft euch genau, sehr genau‹, sagt die Schrift. Es gibt schon genug Scheinbekehrungen und falschen Glauben!«

Verschwunden sind ihre Freude und die Harmonie mit Gott. Der lähmende Zweifel an ihrer seelischen Verfassung überfällt sie wieder. Bei wem mag Arend diese tödliche Selbstgefälligkeit wohl bemerkt haben? Doch nicht bei mir, hoffen alle, aber wie können sie das mit Sicherheit wissen?

Arend wiederholt nochmals, Christus habe sein Werk als Mittler vollbracht, jederzeit könne es um die Welt geschehen sein. Doch statt vom glückseligen ewigen Leben und von Gottes Friedensreich zu sprechen, spricht er jetzt über die Hölle, über das Zerkauen der Zunge in ewig währender Pein. Er hat sich dabei hingestellt. Angewidert beschreibt er die Verderbnis der Welt, insbesondere der Niederlande. »Noch wird überall nach Herzenslust getanzt und getrunken, noch sagen sie: ›Friede, Friede und nirgends Gefahr.‹ Ja, auch in unserem Land, das seit jeher eine ganz besondere Beziehung zu Gott hat – genau wie das Volk Israel, früher –, haben sie sich von Ihm abgewandt und sind den Heiden gleich geworden. Man braucht sich nur unsere Städte anzuschauen, was da alles los ist, wie sich da alle im Schlamm der Sünde wälzen und sich an den Eitelkeiten der Welt ergötzen.«

»Das stimmt. Es ist bei uns genauso schlimm wie anderswo«, pflichtet Gerrit Boezaard bei, in der Hoffnung, damit den möglichen Verdacht einer Scheinbekehrung auszuräumen.

»Gibt's bei uns denn jetzt auch Krieg?«, fragt Jacob Hoek.

»Was regst du dich über einen Krieg auf!«, sagt Gerrit missbilligend. »Das ist noch lange nicht das Schlimmste, nicht wahr, Arend? Die Welt geht unter, darum geht es.

Sind wir bereit für das Gericht? Für die Begegnung mit Gott?«

Arend hört nicht mehr zu. Wie im Traum wiederholt er im Namen des HERRN die Worte Ezechiels, des Propheten, dem er sich in seinem gerechten Zorn verwandt fühlt. Er spricht vom Schwert der Gerechtigkeit, von der lodernden Flamme, die man nicht löschen kann.

»Der Satan ist schon an die vier Enden der Erde aufgebrochen«, behauptet er. »Er versammelt die Völker zum allerletzten Krieg. Er setzt alles daran, so viele Seelen wie möglich zu erwischen, glaubt mir, denn er weiß, dass er bald in den feurigen, schweflig brennenden Pfuhl geworfen und dort gequält wird, Tag und Nacht von Ewigkeit zu Ewigkeit.«

»Wie lange wird es dauern, bis er alle Heere beisammen hat?«, fragt Willem Hoek.

»Viel kürzer, als wir zur Doggerbank hin und zurück brauchen! Es würde mich nicht wundern, wenn der letzte Kampf schon begonnen hätte. Denn wie lange sind wir nun schon unterwegs?«

»Aber du weißt es nicht sicher«, stellt Willem vorsichtig fest.

Arend verliert allmählich die Geduld. »Ich weiß nur, was der Herr mir nach und nach offenbart«, schnauzt er. »Heute Nacht war im Himmel jene ›Stille bei einer halben Stunde‹, von der die Offenbarung spricht. Ich durfte dabei sein, ich hab es euch auch erzählt. Das ist das Zeichen, Leute! Das Zeichen, dass es jeden Augenblick vorbei sein kann. Oder glaubt ihr mir etwa nicht?«

Es klingt wie ein Aufschrei, und sie erschrecken.

»Ihr denkt wohl, dass ich nur so daherrede!«, herrscht er sie an. »Ihr braucht wohl erst ein Zeichen, damit ihr mir glaubt. Nun gut, wenn ihr ein Zeichen wollt, dann kriegt ihr eins.«

Er dreht sich um, reißt die Läden seiner Koje auf und tastet unter seiner Matratze nach etwas. Kurz darauf hält er die *Catechisatiën* von Smytegelt hoch. Ein in schwarzes Leder gebundenes, dickleibiges Buch mit Hunderten Fragen und Antworten zur komplizierten Dogmatik der erweckten Christen. Mit angehaltenem Atem verfolgen sie seine Bewegungen.

»Dieses Buch liebe ich über alles«, erklärt Arend in beschwörendem Ton, während er vor der langen Bank niederkniet, die an der Wand unter den Kojen steht. Mit einem Knall stellt er das Buch mitten auf den Tisch. »Es ist meines Fußes Leuchte und ein Licht auf meinem Wege. Was Smytegelt schreibt, das ist so rein, aber wer von euch hat es je gelesen? Nun? Kein Einziger! Ihr seid alle nur mit euch selbst beschäftigt. Bei euch heißt es immer nur *ich, ich, ich*!«

Behutsam hebt er das Buch auf und setzt es ein wenig schräg wieder auf. Dann nimmt er die Hände weg und richtet sich auf.

»Eine mächtige Waffe im Kampf ist es, das zeigt sich heute wieder. Ein Zeichen wolltet ihr, nicht? Schaut her, das Wort Gottes hält stand in Ewigkeit.«

Leen Guyt springt auf.

»Es schwebt!«, ruft er aus.

Auch die anderen schnellen hoch, ihre Augen weiten sich vor Staunen, als sie sehen, wie das Buch in schräger Lage stehen bleibt. Es trotzt der Schwerkraft, schwebt zwischen Stehen und Umfallen. Sie sehen es, begreifen es aber nicht.

»Keine Macht der Welt kann dieses Buch umwerfen«, ruft Arend und sieht triumphierend um sich. »Du, Jaap«, sagt er und zeigt auf Kromhout, »komm mal her. Versuch es mal.«

Widerwillig steht der Schiffer auf und geht vor der Bank in die Hocke. Vorsichtig stößt er das Buch an, aber es fällt nicht um, nicht einmal als Arend ihn auffordert, etwas fester zu drücken.

Da schiebt Arend ihn weg. Wie der wütende Moses die Gesetzestafeln, so hebt er den schweren Katechismus hoch über seinen Kopf und wirft ihn mit Gewalt zu Boden.

Der laute Schlag bringt sie zur Besinnung. Sie setzen sich wieder.

»Glaubt ihr mir jetzt?! Oder meint ihr etwa, ihr könnt es mir nachmachen? Wenn es sein muss, kann ich Berge versetzen, denn Christi Odem ist in mir, hört ihr mich? *In mir!* Aber falls einer von euch das anders sieht, soll er es nur sagen.«

Die Hände theatralisch in die Seiten gestützt, wartet er auf eine Reaktion, doch sie sind von seiner Wundertat wie benommen. Immer kleiner und nichtiger werden sie vor diesem Mann Gottes. Sie sehen ein, dass sie blind gewesen sind.

»Was sollen wir tun?«, stammelt Cor Kloos.

In seinen jungen Jahren hat Cor einmal erlebt, wie einer seiner Gefährten während eines Sturms von einer Welle

ergriffen und über die Reling gespült wurde. Um anschließend von einer nächsten Welle hochgehoben und mit derselben Kraft wieder an Bord zurückgeworfen zu werden, als habe Gott es sich im letzten Moment anders überlegt. Arends Wunder ist jedoch völlig anderer Art. Es rüttelt an den Grundfesten ihres Fassungsvermögens.
Arend beruhigt sich und setzt sich wieder hin.
»Merkt euch, was ich sage. Die Gefahren sind groß, und es bleibt uns nur wenig Zeit!«
Erschüttert von der klaren Erkenntnis des bevorstehenden Gottesgerichts, starren sie auf den aus dem Lederband gerissenen Katechismus am Boden.

Das Ende kommt schnell. Dem ärztlichen Bericht zufolge zwei Tage später, doch nach dem zu urteilen, was die Schiffsbesatzung mir erzählte, geschah es schon am folgenden Nachmittag.
Während eines Regengusses, die Sonne scheint übrigens unbeirrbar weiter, gehen Arend, Gerrit Boezaard, Hans Vooijs, Schiffer Kromhout und sein Schwager Cor Kloos achtern unter Deck. Sie sitzen um den Tisch herum und versuchen, das Prasseln des Regens zu übertönen. Sie sprechen über Arends Vision und den Glaubenseifer der Besatzung. Etwas früher an diesem Nachmittag – es muss ein Montagnachmittag gewesen sein – hatte der Schiffer vorgeschlagen, die Netze wieder auszuwerfen, aber Arend überzeugte ihn davon, dass das keinen Sinn mehr habe. »Wir müssen weg hier, wir würden doch nichts fangen, auch wenn wir es versuchten.« Der Schiffer insistierte nicht weiter.

Schon bald ist der Schauer vorübergezogen. Cor Kloos hat Kaffee gemacht und Hans Vooijs berichtet stotternd vom Sterben seines Vaters. Wie dieser mit einem seligen Lächeln den letzten Atem aushauchte, weil er kurz vor dem Ende »etwas Wunderbares, etwas Engelhaftes« geschaut hatte.

Plötzlich unterbricht Arend ihn. Er hebt die Hand.

»Still, hört ihr das?«

Sie lauschen.

In weiter Ferne erklingt ein langer, schwermütiger Ton. Drei Mal hintereinander hören sie ihn, in kurzen Abständen.

»Die Posaune«, lispelt Arend.

Erschrocken sehen sie ihn an. Noch eine Zeit lang horchen sie, doch jetzt hören sie nur noch das Rauschen des Meeres, das leise Knarren der Segel und das Gluckern des Wassers auf dem Boden der »Hölle«, des Raums ganz unten im Schiff.

Arend nickt vergnügt und steht auf.

»Ich wusste es, ich hatte heute Morgen schon so ein Vorgefühl. Jungs«, sagt er feierlich, »es ist so weit. Es ist vorbei.«

Hans Vooijs wird blass. »Bist du sicher, Arend?«

»Kann es keine Dampfpfeife gewesen sein?«, bringt Schiffer Kromhout angsterfüllt vor. »Es klang eigentlich ganz wie eine Dampfpfeife.«

Doch Arend schüttelt den Kopf. »Glaubt mir, das war bestimmt keine Dampfpfeife. Kommt mit, dann werden wir ja sehen.«

Er klettert an Deck und sie folgen ihm. Sie suchen den

Horizont ab, aber es ist tatsächlich nichts zu sehen, Arends ausgestreckte Hand zeigt auf die einsame Meeresfläche. »Seht ihr, kein Schiff weit und breit. Nichts, gar nichts.«
Auch die anderen kommen jetzt an Deck. Sie sind erschüttert von der Nachricht vom Weltuntergang, wundern sich aber, dass das Meer so ruhig ist wie immer. Nirgendwo eine Spur von Verheerung. Jetzt, da der Schauer vorüber ist, steht die Sonne wieder leuchtend am Himmel.
Dann stellt sich heraus, dass auch andere die Posaune gehört haben. Ihr Ernst und ihre Entschiedenheit sind überzeugend. Gott muss »wie ein Dieb in der Nacht« mit alles verzehrendem Feuer gekommen sein. Ohne dass sie auch nur das Geringste bemerkt haben, wurden hinter dem Horizont Städte und Dörfer vom Erdboden vertilgt, verdampften Flüsse und Seen, zerbarsten Berge und Hügel. Sie selbst sind der göttlichen Gewalt zum Glück entronnen. Durch Gnade und dank Arend, Gottes Knecht. Doch wie anders mag es ihren Lieben ergangen sein? Bei diesem Gedanken schnürt ihnen die Verzweiflung die Kehle zu, sie lesen die Panik in den Augen der andern.
Das Meer ist auf einmal trostlos. All das Wasser kann das Feuer von Gottes vernichtendem Zorn nicht löschen. Die Luft ist schwer von Seinem Grimm.
»Was wird jetzt mit uns geschehen?«, fragen sie.
Arend sieht mit verklärtem Gesicht auf sie herab. »Macht euch keine Sorgen, Leute. Erkennt ihr denn nicht das Wunder? Gott der Herr hat geruht, uns zu verschonen, wie er einst Noah und seine acht Seelen verschont hat.«
»Aber unsere Frauen und Kinder?«, fragt Piet van der Marel, und die anderen pflichten ihm bei.

Lächelnd geht Arend auf Piet zu und legt ihm den Arm um die Schulter. »Du brauchst keine Angst zu haben«, sagt er beruhigend. »Gott der Herr hat alles für sie zum Besten gekehrt. Unsere Frauen und Kinder sind schon in Jerusalem in Sicherheit.«

»In Jerusalem?«

»Ja, denn dort müssen wir alle hin. Wir haben die Posaune gehört, und das war das Zeichen, auf das ich schon lange gewartet habe. Wir müssen sofort Kurs nehmen auf die Ewige Stadt, denn das ist Gottes Wille.« Er wendet sich lachend an den Schiffer und sagt: »Ein Glück, dass wir nicht geholt haben, nicht wahr, Jaap? Ich habe es doch gesagt.«

Arend hat alles vorhergesehen.

»Aber wie kommen wir denn dahin, nach Jerusalem?«

»O Jaap, wir können alles getrost dem Herrn überlassen, Er wird uns hinführen, bald wird ein Schiff kommen, ein reines weißes Schiff, das uns aufnehmen und bis vor die Tore Jerusalems bringen wird. Dort werden unsere Frauen und Kinder auf uns warten, das hat der Herr mir kundgetan.«

Sie kommen aus dem Staunen nicht mehr heraus.

»Um die verheerte Welt braucht ihr nicht zu trauern«, fährt er fort. »Die ist mit all ihren Gräueln und Ungerechtigkeiten vergangen. Bald werden wir mit unseren Familien und allen Kindern Gottes den Herrn auf ewig loben. Freut ihr euch denn nicht? Ist es nicht ein Wunder von Gottes erwählender Gnade, dass wir der Hölle entronnen sind?«

Er schüttelt den Kopf, als könnte er es selbst kaum glau-

ben, sein dumpfes Gelächter rollt über sie hinweg. Sie rücken näher zusammen, ihre Angst schlägt um in eine seltsame Ekstase.
Arend zeigt nach Nordosten.
»Da fahren wir hin. Kommt, lasst uns aufbrechen. Ein paar Striche ostwärts, und wir sind auf dem richtigen Kurs.«

Hat die Besatzung wirklich die Posaune gehört? Und hat das schwere Buch von Smytegelt wirklich geschwebt?
Ich habe die Überlebenden gefragt, und sie haben mir hoch und heilig versichert, von Hexerei sei keine Rede gewesen, wie manche im Dorf jetzt behaupten. Ich kann nicht anders, als der Besatzung glauben. Auch ich habe an einem Sommernachmittag im Garten der Nervenheilanstalt Wendehart etwas von Arends überwältigender Kraft gespürt. Eine Kraft, die nicht von dieser Welt war.
Aber, lautet dann die bange Frage: Wenn diese Kraft nicht von Gott kam, von wem kam sie sonst? Etwa von dem, den Arend am leidenschaftlichsten bekämpfte?

***

Die Dunkelheit schließt sie ein. Eine Möwe, aus dem versengten Land verbannt, lässt sich auf dem Vordeck nieder. Zum Glück gibt es noch Möwen. Bald wird sich zeigen, ob die Sterne vom Firmament gefallen sind, und ob der Mond rot wie Blut und die Sonne schwarz wie ein härener Sack ist.
Zusammenbleiben, sich nicht allein auf Deck aufhalten, denn das Meer orakelt Unheil. »Kühl ist's auf einmal,

was?«, sagen sie zueinander, als sie ins Logis hinuntersteigen.

Dort hören sie Arend zu, der wieder von der herrlichen Ewigkeit spricht. Wenn seine Schilderungen sie unruhig machen, verschließen sie ihre Ohren, aber sie singen aus vollem Halse mit, wenn er den Psalm von der Seele anstimmt, die sich mit Lust und fröhlichem Mund in Gottes treue Hände gibt. Vom Dichter der Psalmen angefeuert, lassen sie ihre Freude zu ungeahnten Höhen anschwellen, zumindest vor den Augen der anderen, denn keiner von ihnen will ausgeschlossen werden.

Später in ihren Kojen besinnen sie sich. Sie denken an Zeewijk und sehen ein schwelendes Trümmerfeld in Totenstille vor sich liegen. Als sie in See stachen, haben sie einen Teil ihrer selbst im Schoß ihrer Vergangenheit zurückgelassen, in den Straßen, den Gassen, auf den Wällen und bei den Menschen, die von Kindheit an zu ihnen gehören. Dieser Teil ist verloren gegangen, Zeewijk ist nicht mehr. Phantomschmerzen sind es, die sie fühlen. Sie drücken die Nase in die Decke, atmen die eigene Wärme ein.

Ist es schnell gegangen? Haben die Leute sehr leiden müssen, als das Feuer vom Himmel fiel? Ihre Frauen und Kinder werden sie in Jerusalem erwarten, das hat Arend ihnen versprochen, aber ihre Eltern, ihre Geschwister, was ist mit denen? Sie haben Arend gefragt, doch der hat sie im Ungewissen gelassen. Ob das weiße Schiff wirklich kommt?

Aber natürlich, denn Gott ist treu. Ihre Freude, als sie bei Jerusalem anlegen. Freudiger Gesang jauchzt ihnen entgegen, als sie durch das Perlentor gehen. Schaut, da sind sie ja, ihre Frauen, ihre Kinder, ihre Lieben. Alle sind sie da, werden in die Arme geschlossen. Menschen in weißen Gewändern mit Palmzweigen in den Händen lachen ihnen zu. Sie gehen durch die goldenen Gassen, und jede Tür, an die sie klopfen, wird ihnen aufgetan. In den weißen Häusern voll reiner Liebe wohnen frohe Menschen, Gotteskinder.

In der hintersten Koje träumt Hans Vooijs, der früher in den Dünen Schlingen legte, von einer Dünenpfanne, in der ein zahmer Löwe sich zwischen Dutzenden Kaninchen ausstreckt. Ein kleiner Junge legt die Hand auf den Kopf des Löwen und streichelt seine Mähne. Auch die anderen sind schon bald in einen ruhelosen Schlaf gesunken. In dem so plötzlich über sie hereingebrochenen Kummer um die Zerstörung Zeewijks hetzt ihr ruheloser Geist von Traum zu Traum, bis sie am nächsten Morgen von einer aufgeregten Stimme geweckt werden.

»Kommt und schaut!«

Sie schrecken auf, stolpern noch schlaftrunken aus dem Logis herauf. An Deck überfällt sie die atemberaubende Schönheit des neuen Morgens. Sprachlos schauen sie um sich.

Das Firmament steht in Flammen. Durch das Himmelsgewölbe treiben Haufenwolken, so glühend, als hätte die orangerote Glut der lodernden Sonne sie angezündet. Das Meer ist wie Milch so weiß, und der Horizont verbirgt sich hinter einem malvenfarbenen Schleier.

Arend steht an der Leeseite und zeigt nach Osten, wo der

Horizont zwischen zwei länglichen Wolkenbänken quer aufgerissen ist. Das feurige Sonnenlicht ergießt sich durch die Öffnung und brennt ein Loch ins Meer. Sie halten die Hand über die Augen, sehen, wie die unterste Wolkenbank anschwillt.

»Da ist es!«, ruft Arend aus. »Seht doch, das himmlische Jerusalem!«

Als sie genauer hinschauen, sehen auch sie es mit einem Mal. Gold- und kupferfarbene Mauern ragen aus der Wolkenbank empor. In flimmernder Hitze werden Wehrgänge und Türme mit zackigen Zinnen sichtbar. Obwohl der Glanz sie blendet, wenden sie die Augen nicht ab, so entzückt sind sie von der Erscheinung der Stadt Gottes. Tatsächlich, das ist sie! »Bereitet als eine geschmückte Braut ihrem Mann«, wie die Bibel sagt. Die Luft ist erfüllt von der Herrlichkeit Gottes.

»Seht doch nur!«, ruft Arend. »Dorthin fahren wir! Ein wenig Geduld noch, dann ist alles vorbei und wir sind für immer bei Gott dem Herrn. Dann werden wir sein heiliges Angesicht schauen, dann gehören wir zu der Schar, welche niemand zählen kann, dann ist an unsere Stirn sein geliebter Name geschrieben. Ist sie nicht schön? Ich kann mich gar nicht satt sehen.«

In Anbetung streckt er die Hände nach der flimmernden Stadt am Himmel aus und fängt an zu singen. Sofort stimmen sie ein, geblendet vom Glanz des himmlischen Jerusalem. Voller Ehrfurcht huldigen sie der himmlischen Stadt:

Jerusalem, du hochgebaute Stadt,
Wollt' Gott, ich wär' in dir!
Mein sehnlich Herz so groß Verlangen hat
Und ist nicht mehr bei mir.
Weit über Berg und Tale,
Weit über flaches Feld
Schwingt es sich überall
Und eilt aus dieser Welt.

Langsam bedecken die Wolkenbänke die Öffnung im Himmel wieder. Die Flammen erlöschen, und das himmlische Jerusalem entschwindet ihren Blicken. Eine zartrosa Glut zieht am Himmelsbogen herauf.
»Kommt, wir müssen uns bereit machen«, sagt Arend. »Wir haben noch eine Menge zu tun.«
Er klatscht ein paar Mal in die Hände und reißt sie aus ihrer Träumerei. Die tanzenden feurigen Flecken vor ihren Augen lösen sich langsam auf.
»Ich weiß nicht genau, wann das weiße Schiff kommt, aber wenn es kommt, dann will ich, dass der Logger blitzblank ist«, kommandiert Arend. »Und dann müssen wir auch unsere guten Sachen anhaben. Denn, ehrlich gesagt, Leute, so wie wir jetzt aussehen, können wir Gott dem Herrn nicht entgegengehen.«

Vergnügt machen sie sich daran, seine Befehle auszuführen. Den ganzen Vormittag sind sie damit beschäftigt, klar Schiff zu machen. Deck und Logis werden gründlich gebohnert und aufgeräumt, das Rohr des Dampfspills wird mit Leinöl eingeschmiert, und sogar die Bilge mit dem stinkenden, durch Luken und leckende Decknähte gesickerten Regen- und Spritzwasser wird gelenzt. Als sie damit fertig sind, ziehen sie ihre dreckige Arbeitskleidung aus und seifen sich mit grüner Seife ein. Ausgelassen rennen sie einander mit Eimern Süßwasser nach, mit dem sie sich den Schmutz ihrer allerletzten Arbeit auf Erden abspülen. Alles wird gut, sie haben die Stadt Gottes am Himmel leuchten sehen. Sie sind die Letzten, die zum neuen Jerusalem versammelt werden, hat Arend gesagt, dort werden sie erwartet. Ihre fröhlichen Stimmen schallen über die glatte Meeresfläche.

Als sie sich gewaschen haben, ziehen sie im Logis frische Kleider an und rasieren sich. In ihren guten Felljacken und Pullovern, Moleskin-Wämsen, Tuchhosen und mit sauberen Mützen kehren sie kurz darauf wieder zurück. Gelassen sitzt Arend mit verschränkten Armen auf einem umgekehrten Heringsfass. Auch er hat sich gewaschen und trägt jetzt eine schwarze Hose und einen blauweißen Seemannspullover. (Christi Brautkleid, so wird er seinen geflickten Pullover später nennen.)

Sie umringen ihn, doch er starrt in Gedanken versunken abwechselnd auf das Meer und auf die abgenutzten Spitzen seiner Holzschuhe.

»Ist es in Ordnung so, Arend?«, fragt Gerrit Boezaard zögernd.

Zerstreut sieht Arend ihn an. Dann scheint er sich an etwas zu erinnern und greift hinter sich.

Im nächsten Augenblick hält er ein Beil in der Hand. Er steht auf und geht zur Holzluke über dem achtern gelegenen Logis. Ängstlich sehen sie ihm zu. Entschlossen hebt er den Deckel des Kuckucks, in dem der Kompass festgeschraubt ist. Seine Hände wägen das Beil, seine fiebrigen Augen suchen den Schiffer. Er holt aus und zerschlägt den Kompass mit einem sicheren Hieb. Er beugt sich über den Kuckuck und scheint zufrieden.

»Den brauchen wir nicht mehr. Ab jetzt bin ich der Kompass. Gott der Herr führt mich, er wird mir den Weg zeigen. Vertraut dem Herrn und mir, das ist alles, was ich euch sagen kann.«

Das Herz des Schiffes ist gespalten. Sie sind von der alten Weltordnung abgeschnitten. Raum und Zeit haben sich in der Unendlichkeit verloren.

***

Ein ganzer Tag verstreicht, und noch ist das weiße Schiff nicht gekommen.

Nachmittags klettert Willem Hoek aus dem stickigen Logis. Die Sonne scheint vom wolkenlosen Himmel, und es ist fast windstill. Vorübergehend von Arends Predigten befreit, zieht Willem die Meeresluft tief in die Lunge ein.

Er hat ihnen weisgemacht, er müsse zur Tonne, und dabei schmerzlich das Gesicht verzogen. Vor einer halben Stunde ist er schon mal hinaufgegangen – da musste er aber wirklich –, so dass sie jetzt glauben, er habe Magenbeschwerden. Piet van der Marel, dem selber immer etwas fehlt, kam schon mit Rizinusöl angerannt.

Er drückt mit dem Zeigefinger ein Nasenloch zu, schnäuzt einen Rotzstrahl aufs Deck und wischt sich die Hände an der Hose ab. Der Logger schlingert träge durch das Wasser. Willem horcht auf die durch das Deck gedämpften Stimmen, das Knurren eines kranken Tiers in seiner Höhle. Nur Arends tiefe Stimme ist deutlich von den anderen zu unterscheiden und scharrt unter Willems Sohlen, so dass er sich weiter vom Luk entfernt und sich achtern auf die Backskiste in den Schatten des Beibootes setzt.

Eigentlich möchte er mit dem frommen Getue lieber nichts zu schaffen haben. Wie eine Seeschwalbe zwischen den Möwen fühlt er sich. Ständig reden sie aufgeregt durcheinander und überbieten sich an Glaubenseifer. Wie ein wieder erstandener Christus sitzt Arend unter dem Abreißkalender, auf dem Platz des Steuermanns neben dem Schiffer. Manchmal still und mit allwissender Miene, aber meistens begeistert und pausenlos mit dem ganzen Körper redend.

Und doch sind vielleicht einige darunter, die wie Willem tief in ihrem Herzen zweifeln. Die gestern Morgen wie er auf die Herrlichkeit des Himmels starrten, darin jedoch keine himmlische Stadt erblicken konnten. Er kann nicht glauben, dass die Welt untergegangen ist, die Religion ist Arend zu Kopf gestiegen. Natürlich, was Arend vorgestern mit dem Katechismus gemacht hat, war ein regelrechtes Wunder. Aber solche Menschen gibt es nun einmal, und Wunder ereignen sich täglich. Deshalb braucht man noch lange nicht bedenkenlos alles zu glauben, was Arend behauptet.

Doch er muss auf der Hut sein. Er beteiligt sich nicht mehr so eifrig an den geistlichen Übungen, und das fällt auf. Gerrit und Hans haben ihn schon darauf angesprochen.

Wenn sie nur einem anderen Schiff begegnen würden. Einem Schiff, das auf der Heimreise ist. Dann könnten sie es anpreien, und er würde bestimmt an Bord gehen, zusammen mit seinem Neffen Jacob, dem ältesten Sohn seines Bruders Huig. Jetzt glaubt Jacob noch alles, was Arend sagt, aber vielleicht wird er, wenn es drauf ankommt, doch auf ihn hören und mit nach Zeewijk zurückfahren. Und wenn die von der Reederei wissen wollen, warum er von Bord gegangen ist, dann wird er ihnen aber haarklein erzählen, was hier los ist. Dann muss Schiffer Kromhout sich für eine ganze Menge verantworten. Der alte Dijkhuizen ist sowieso nicht besonders gut auf die Betbrüder zu sprechen, weil sie sonntags nicht fischen wollen; er würde es ihm bestimmt nicht übel nehmen, wenn er von Bord ginge. Sie sind schon Monate unterwegs, haben aber nur an die sechzig Kantje gefangen, und seit kurzem wird überhaupt nicht mehr gefischt. Wenn es nach Arend geht, treiben sie noch monatelang umher. Arend hat gesagt, dass sie keinem anderen Schiff mehr begegnen werden, außer dem einen reinen mit den weißen Segeln. Alle anderen Schiffe seien untergegangen, behauptet er. Willem glaubt ihm nicht.

Er kratzt an den schmerzhaften Schrunden an Händen und Armen. Er hat sie mit Wasser und Karbol ausgewaschen und Diapalmpflaster draufgeklebt, doch es hat nicht viel geholfen.

Hunger hat er. Er zieht sich an der Reling hoch und beugt sich über das Fass mit dem Schiffszwieback. Er nimmt sich einen heraus und blickt mit vollen Backen kauend übers Wasser, das leicht an die Schiffswand schlägt. Den

trockenen Zwieback spült er mit Bier aus dem kleinen Fass hinter sich hinunter. Nicht weniger als zwei Mal füllt er den Blechnapf, der an dem Kran hängt, und trinkt, dann kauert er sich wieder an die Reling.
Er gähnt und schließt die Augen, stellt sich sein Haus am Oranjedam vor. Lies schneidet das Brot mit ihren schlanken Händen, die Kinder schauen zu. Die Sonne wärmt angenehm, die Augen werden ihm schwer. Er könnte sich doch kurz hinlegen. Nur einen Augenblick.

Als er aus dem Schlaf aufschreckt, ist die Sonne von seinen Beinen geglitten, und er liegt ganz verkrampft an der Reling. Er hat viel länger geschlafen als beabsichtigt. Eilig rappelt er sich auf. Er reibt sich die Wangen und den schmerzenden Nacken. Auf unwilligen Beinen stolpert er zurück zum Vordeck.
Als er in das Logis hinuntersteigt, wird es still. Er setzt sich an seinen Platz auf der Bank und bemerkt Arends ungehaltenen Blick.
»So, da bist du ja endlich wieder. Leen war gerade noch auf Deck und hat dich da liegen sehen. Wir konnten dein Schnarchen bis hier unten hören.«
Er hält es für besser, nichts zu erwidern.
»Warum musst du auch ständig weglaufen?«, fährt Arend ärgerlich fort. »Hier lobpreisen wir den Herrn, Willem, hier wird über seine glorreichen Taten gesprochen, aber du willst nicht dabei sein. Wie kommt das? Nun? ›Könnet ihr denn nicht eine Stunde mit mir wachen?‹ Das fragte unser Herr Jesus im Garten von Gethsemane in der Nacht, in der er verraten wurde, und ich frage es dich.«

Aber du bist nicht Christus, denkt Willem trotzig. Die andern schauen ihn verstimmt an und warten auf seine Antwort. Er muss diese entrüsteten Blicke von sich abschütteln.

»Mach's Maul auf, Mann!«

Er zuckt die Achseln. »Nun ja«, bekennt er, »eigentlich glaube ich nicht so recht daran, das ist es.«

Da. Es ist heraus, ehe er sich's versieht.

Kurz verschlägt es Arend die Sprache, dann läuft er vor Wut rot an und schießt hoch.

»Was sagst du? Du glaubst nicht daran? Hört ihr das, Leute? Er hat Zeichen und Wunder gesehen, er hat die Posaune gehört und das neue Jerusalem vom Himmel herniederkommen sehen, und da sagt er, dass er nicht daran glaubt.«

Willem wird es angst und bange, als er merkt, was er mit seiner Unbesonnenheit angerichtet hat. Manche warten gespannt auf eine Erklärung für den Rest Zweifel, den sie heimlich in ihrem Herzen mit ihm teilen, doch die meisten schütteln missbilligend den Kopf.

»Wir haben einen Verräter in unserer Mitte«, stellt Arend plötzlich leise fest. »Oh, ich weiß es, ich fühle es.«

Willem starrt auf seine Hände.

»Geh mir aus den Augen! Hier ist kein Platz für Diener des Satans.«

Voller Scham, den vorwurfsvollen Blicken seiner Kameraden ausweichend, steht Willem auf und schiebt sich an ihnen vorbei.

Willem ist in den Bann des Teufels geraten, verkündet Arend. Jetzt, da Gott die Welt verwüstet hat, hat er auch den Satan mit seinem Heer von Teufeln in die Flucht geschlagen. Der Teufel weiß, dass Arend vom Atem Christi erfüllt ist, und versucht, Zwietracht unter ihnen zu säen, um ihn, Arend, zu besiegen.

»Ich wusste es nicht von Willem«, sagt Gerrit Boezaard. »Ich ahnte zwar so was, aber dass er …«

Keiner von ihnen hat es gewusst. Ausführlich erläutert Arend die Arglist des Teufels: »Er kann schmeicheln wie eine Frau. Einmal habe ich von einem Kirchenältesten gehört – Piet Ouwehand war's, Piet von Dirk de Skoe –, dass der Satan in eins seiner Kinder gefahren war, ein Säugling noch. Es hatte sich eines Nachts in seiner Wiege aufgerichtet, hatte Piet boshaft angelacht und ihn mit seinen himmelblauen Augen verflucht. Es hatte nicht viel gefehlt und Piet hätte sich, wenn es der Herr nicht verhütet hätte, an seinem eigenen Kind vergriffen. Darum sage ich, man muss im Glauben standhaft bleiben, dann kann der Teufel einen niemals verführen. Mich wird er nie in seine Gewalt bekommen, das weiß er. Ich kann mit ihm tun und lassen, was ich will.«

Er steht plötzlich auf und geht zum Niedergang, macht ihnen Zeichen und klettert hinauf. Neugierig folgen sie ihm.

Willem finden sie auf dem Achterdeck, halb versteckt hinter dem Rohr des Dampfspills.

»Komm her«, gebietet Arend.

Verängstigt geht Willem auf Arend zu und bleibt mit gesenktem Kopf ein paar Schritte vor ihm stehen.

»Passt auf, Leute. Ich werde jetzt den Teufel für uns tanzen lassen.«

Er wendet sich an Willem. »Tanzen sollst du«, befiehlt er. »Los, mach schon.«

Zu ihrer Verwunderung fängt Willem sofort an, sich zu bewegen. Träge gehen seine Füße auf und nieder, die Arme hängen schlaff an seinem Körper herab. Als er den Kopf hebt, erschreckt sie sein stierer Blick, der an ihnen vorbeisieht. Es stimmt tatsächlich etwas nicht mit ihm. Sie sind entsetzt darüber, wie sich sein Wesen und sein Äußeres verändert haben.

»Schneller!«

Und er tanzt schneller. Mit starrer Miene bewegt er sich nach einer unhörbaren Musik, seine Holzschuhe stampfen auf den Decksplanken.

»Wenn's sein muss, lass ich diesen Verführer tanzen, bis er tot umfällt.«

Sie können die Augen nicht von Willem abwenden. »Was hast du?«, fragt sein Neffe Jacob, aber dies ist nicht mehr Willem, hinter diesem steinernen Gesicht verbirgt sich etwas Diabolisches.

»Jesus hat auch zwölf Jünger gehabt«, sagt Arend, »und bei denen war auch einer, der auf die Einflüsterungen des Teufels hörte. Wie Willem. Alles wiederholt sich«, sagt er. »Er ist der Judas, denn er hat die Börse.«

Die Börse, das ist der beutelförmige Kescher, mit dem beim Keeken die glitzernden Heringe wie Silberlinge aus den Krippen in die Körbe geschöpft werden. Wahrhaftig, denken sie, alles wiederholt sich.

Dann ist es genug. Auf Arends Befehl hält Willem in seinem stummen Tanz inne, der Kopf sinkt ihm wieder auf die Brust.

»Geh und hol ein Stück Tau«, weist Arend Jantje Kloos an. »Ein langes Stück. In der Backskiste findest du schon was.«

Cors Sohn geht zur Kiste und nimmt ein aufgerolltes Tau heraus.

»Judas hat sich erhängt, nachdem er Christus verraten hatte, ich werde dafür sorgen, dass der da das Gleiche tut.«

Er baut sich vor Willem auf und tippt ihm mit den Fingern an die Stirn. »Unreiner Geist! Im Namen des Herrn gebiete ich dir, von dannen zu gehen und dich zu erhängen, so dass du uns nicht mehr verführen kannst. Zurück mit dir ins Dunkel der Finsternis, wo du hingehörst!«

Willem wankt. Er öffnet den Mund, macht kauende Bewegungen, aber kein Laut kommt über seine Lippen.

»Nimm ihn mit ins Logis«, sagt Arend zu Jantje Kloos. »Gib ihm das Tau und dann komm zurück.«

Der magere Junge nimmt den starken Willem an der Hand. Wie ein Lamm lässt er sich zum Vorderdeck führen, folgsam steigt er vor Jantje den Niedergang hinunter. Angsterfüllt sehen sie auf Arend, der den unreinen Geistern gebietet.

Willem verkriecht sich in seiner Koje. Die Arme um die angezogenen Knie geschlungen, lehnt er sich an die Wand, und zitternd vor Angst horcht er auf die Stimmen und Geräusche über sich. Das Tau, mit dem er sich erhängen soll, hat er unter seine Matratze gesteckt.

Ein großes Unheil ist entwischt und lauert hinter den Luken; er selbst hat es mit ein paar unbedachten Worten entwischen lassen, es ist seine eigene Schuld, aber wie kann er es wieder unschädlich machen? Sie haben schon einmal nach ihm geschaut, haben ihn gerufen, haben die Läden aufgeschoben und ihn angeschrien, dann sind sie wieder gegangen. Wie lange noch, bis sie wiederkommen? Und was dann? Sie glauben doch nicht etwa, dass er sich wirklich erhängt?

Er drückt sich den Hals zu, um zu fühlen, wie es ist, wenn man erstickt. Ihm ist, als platze ihm der Schädel, seine Augen werden fast aus den Höhlen gepresst. Er fühlt, wie sein Herz hämmert, blinde Panik erfasst ihn. Luft! Leben will er! Tränen steigen in ihm auf. Da oben hetzt Arend die anderen immer mehr gegen ihn auf. Natürlich hätte er diesen Unsinn über den Teufel sofort leugnen, sofort den Mund aufmachen müssen, als Arend davon anfing, dann wäre es nie so weit gekommen. Aber er konnte kein Wort herausbringen, er war wie gelähmt. Er sah, wie sie ihn anstarrten, sah, was sie in ihm sahen. Etwas Schreckliches, einen Teufel. Sogar sein Neffe hat ihn mit vor Entsetzen offenem Mund angestiert.

Wenn sie gleich wieder runterkommen, muss er ganz gelassen bleiben und ruhig mit ihnen reden. Vielleicht wäre es gut, wenn er aus freien Stücken hinaufginge, dann könnten sie sehen, dass er völlig normal und wirklich kein Teufel in ihn gefahren ist. Vernünftige Dinge muss er sagen, um Arend und die anderen zu besänftigen. Er muss sich jetzt schon mal überlegen, was er sagen soll. Vielleicht kann er fromm und überzeugend, Hand aufs Herz, das Glaubensbekenntnis herbeten. Dann werden sie schon zur Besinnung kommen, denn ein Teufel würde so etwas nie über die Lippen bringen. »Ich glaube an Gott, den Vater«, murmelt er, »den Allmächtigen, den Schöpfer des Himmels und der Erde. Und an Jesus Christus, unsern Herrn, der … der …« Jetzt weiß er nicht mehr, wie es weitergeht.

Nur ruhig. Hört er sie lachen? Das ist ein gutes Zeichen. Wenn sie lachen, heißt das, dass ihre Angst vor ihm nachlässt. Vielleicht ist das Schlimmste ja vorbei. Er muss beten und Gott um Kraft und Hilfe anflehen. Ein Sünder ist er, das ist wahr, das gibt er gerne zu, aber das, was Arend tut, ist auch falsch. Das kann der Herrgott doch nicht billigen? Und er fängt an zu beten. Lieber Gott, steh mir bei. Nimm den Wahnsinn von Arend und öffne den andern die Augen. Er betet für Lies und die Kinder.

Sie kommen wieder nachschauen. Diesmal ist Arend mitgegangen und gerät außer sich, als er sieht, dass Willem seinen Befehl nicht ausgeführt hat. Er zerrt ihn aus der Koje, zieht ihn die Treppe hinauf und stößt ihn an Deck. Willem sieht den Abscheu in den Augen der andern und erkennt, dass er verloren ist.

»Verflucht seist du!«, schreit Arend und schlägt ihm mit der Faust in den Magen. Willem krümmt sich und fällt hin. Nach Luft schnappend, bleibt er liegen. Er sieht, wie sein Neffe sich weinend hinter dem Fockmast versteckt. Wimmernd streckt Willem die Hand nach ihm aus, aber Arend zieht ihn wieder hoch und wirft ihn näher an der Reling wieder zu Boden.

»Dreckiger Judas. Vernichten müssen wir dich. Über Bord mit ihm!«
Da greift Schiffer Kromhout ein. Er erinnert Arend daran, dass Jesus auf seiner Erdenwanderschaft noch nicht einmal Judas, der ihn doch verraten hatte, vernichtet hat, doch Arend hört nicht auf ihn.
»Gnade für den Teufel? Bist du bei Sinnen? Im Namen des Herrn, hinweg mit ihm!«
Er fängt an zu singen, und als sei dies das Zeichen, auf das alle gewartet haben, nähern sie sich Willem drohend. Sie stimmen mit ein: »Erhebet er sich, unser Gott, seht, wie verstummt der Frechen Spott. Wie seine Feinde fliehen!« Sie jagen Willem auf. Er schreit sie an, will sie zur Besinnung bringen. Als das nicht gelingt, versucht er, ihnen zu entkommen, doch sie ergreifen ihn, stoßen ihn, drängen ihn an die Reling zurück. »Sein furchtbar majestät'scher Blick, schreckt, die ihn hassen, weit zurück, zerstäubt all ihr Bemühen.«
Er fleht sie an, ihn doch gehen zu lassen, doch sie hören ihn nicht mehr, der laute Gesang verleiht ihnen ein Gefühl der Allmacht. Von heiligem Zorn erfüllt, zerren sie ihn über die Reling und werfen ihn ins Meer.
»Seht, ihre Herrlichkeit vergeht. Sie sind wie Rauch im Wind verweht, umsonst ist ihr Beginnen.«
Mit aller Kraft schwimmt Willem zum Schiff zurück. Es gelingt ihm mit großer Mühe, ein an der Schiffswand herunterhängendes Tau zu ergreifen, und er lässt sich vom Schiff ziehen. Durch die Schlingerbewegung wird er beinahe abgeschüttelt, aber er lässt nicht los, stemmt sich mit den Füßen ab und klettert die Bordwand hoch.

»Ein Messer, schnell!«, ruft Gerrit Boezaard. Seine Stimme übertönt das einförmige Singen.
»Wie Wachs beim Feuer schmilzt dahin, so muss der Bösen stolzer Sinn vor Gottes Blick zerrinnen.«
Gerrit rennt zum Heck und kommt kurz darauf mit einem Keekmesser zurück. Ohne auf Willems flehentliches Bitten zu achten, säbelt er das steife Tau durch. Verbissen singt er von schmelzendem Wachs und sticht nach den verkrampften Händen, die einfach nicht loslassen wollen.
Dann reißt das Tau und Willem fällt. Er schreit, hat aber keine Kraft mehr, hinter dem Schiff her zu schwimmen. Sie stehen an der Reling und schauen zu, wie er mit den Wellen kämpft. Er ruft noch nach ihnen, doch der Logger treibt weiter und weiter von ihm fort.
Sie stimmen eine neue Strophe an und singen ihm in seinem Todeskampf triumphierend zu.

Bis tief in die Nacht hinein sitzen sie im Vorschiff zusammen. Ihre ganze Aufmerksamkeit ist auf Arend gerichtet, dessen Gebärden und kräftige Ausdrucksweise sie sich mehr und mehr zu Eigen machen. Etwas von seiner gottgegebenen Macht geht auf sie über.

Sie haben gemeinsam einen Knecht des Teufels vernichtet. Unerschrocken haben sie dem Bösen ins Gesicht gesehen, eine schwere Glaubensprobe glänzend bestanden.

In der Ecke neben der Kombüse trauert Jacob still um seinen Onkel, aber sie trösten ihn, indem sie wiederholen, was Arend gesagt hat: Es war nicht Willem, der da in den Wellen verschwand, sondern nur ein willenloses Werkzeug des Satans. Willems Seele war schon lange aus ihm gefahren, als er über Bord ging, und es mochte zwar stimmen, dass er sich leicht beeinflussen ließ und der Teufel daher von seinem Körper Besitz ergreifen konnte, aber deswegen war er noch lange nicht verdammt bis in alle Ewigkeit. Er war ein guter Kerl, den manchmal aufrichtige Reue über seine Sünden überkommen konnte. Gott ist ein barmherziger Gott, und sie sollten sich nicht wundern, wenn Willem sie vor den Toren Jerusalems erwartet.

Gleichwohl halten sie die Läden seiner Koje ängstlich geschlossen, denn was Willem geschehen ist, kann auch ihnen passieren. Sie müssen wachsam bleiben, es gehen noch Teufel um. Vor allem nachts ist die Gefahr groß. Wenn es dunkel ist, dürfen sie nicht mehr allein an Deck gehen, sondern immer mindestens zu zweit, so dass sie aufeinander aufpassen können.

Dicht aneinander gedrängt in dem von ihren Körpern erwärmten Logis, fühlen sie sich in Sicherheit. Voller Begeisterung liest Arend aus den Propheten und den Psalmen vor; es ist Christus, der ihm die Stellen weist. Stellen, die sie stärken und festigen sollen. Arend spricht über das Gleichnis von den fünf klugen und den fünf törichten Jungfrauen und ermahnt sie, die Lampen ihrer Herzen nicht verlöschen zu lassen. Die Reise in die Gottesstadt wird lange dauern, doch sie sind guten Muts.

Schon bald kommt auch Jacob wieder aus dem Schneckenhaus seines Kummers gekrochen. Von ihrer frommen Freude angesteckt, trocknet er seine Tränen, er freut sich schon auf das Wiedersehen mit seinem Onkel, seinen Eltern und Geschwistern.

Erst als der Himmel verblasst und es hell wird über dem Oberlicht, werden sie vom Schlaf übermannt. Sie haben nicht bemerkt, dass der Wind sich gedreht hat.

Sie schlafen lange, bis spät in den Vormittag hinein. Beim Aufwachen blitzt ganz kurz die Erinnerung an das tags zuvor Geschehene in ihnen auf, aber sobald sie auch nur eine Spur von Reue verspüren, rufen sie sich Willems verzerrtes Gesicht und seinen Furcht erregenden Tanz ins Gedächtnis zurück. Sie konnten ja nicht anders, es war Gottes Wille, und schnell lassen sie sich aus ihren Kojen fallen.

Hunger haben sie. Jetzt erst merken sie, wie hungrig sie sind. Cor Kloos bereitet ein Essen aus Reis in Bier und ge-

bratenem Fisch, ihre erste anständige Mahlzeit seit zwei Tagen. Arend, der sogar beim Kauen und Schmatzen noch predigt und weissagt, scheint die ganze Nacht nicht geschlafen zu haben. Vom Heiligen Geist beschwingt, vom Atem Christi erfüllt, findet er keine Ruhe, solange Jerusalem nicht in Sicht ist.
Nach dem Essen bleibt ein Teil der Besatzung bei Arend im Vorschiff. Die Übrigen gehen an Deck, um sich die Beine zu vertreten und frische Luft zu schöpfen.

Cor Kloos, sein Sohn Jan und Keesje Imthorn setzen sich zu Piet van der Marel und Leen Guyt auf die geschlossenen Luken des Netzraums. Leen stopft ein braunes Baumwollwams und ein paar violette Gamaschen – alles mit dem gleichen blauen Garn. Während die beiden Jüngeren es sich zu ihren Füßen bequem machen, kramen Cor und Piet Erinnerungen an legendäre Stürme, Seeleute und Schiffe aus. Sie erzählen von einer Sturmflut, bei der in einer einzigen Nacht siebenunddreißig Schiffe vor der holländischen und der friesischen Küste untergingen und das Dorf Moddergat die Hälfte seiner männlichen Einwohner verlor. Wogen, mindestens sechzig Fuß hoch, die sich senkrecht wie eine Mauer erhoben.
Jetzt, da die Welt untergegangen ist, ist die See für alle Zeiten zur Ruhe gekommen. Die Welt ist nicht mehr, was sie war.
»Wenn man früher lang und tief genug in der Erde grub«, sagt Piet van der Marel, »Monate oder sogar Jahre lang, kam man ganz von selbst auf der anderen Seite der Welt wieder raus.«

Die Jungen lachen. »Das gibt's doch nicht.«
»Aber sicher gibt's das! Cor, hab ich Recht oder nicht?«
»Ehrenwort! Wenn man nur lang genug grub, dann kam man, glaub ich, in Ost-Indien heraus.«
»Mein Schwager Kees ist ein paar Mal dort gewesen. Der ging auf große Fahrt und hatte immer die tollsten Geschichten auf Lager. Er hat erzählt, auf manchen Inseln dort gibt es riesige Wälder voller Blumen, die können so hoch werden wie zwei erwachsene Männer übereinander. Die Blumen duften so stark, dass sie einen Weißen einschläfern. Und das ist lebensgefährlich, denn dann riskiert man, von wilden Tieren gefressen zu werden.«
»Die Eingeborenen sind besser gegen diese Blumen gewappnet«, fährt Cor fort. »Sie haben ja auch eine viel robustere Gesundheit als wir. Sie laufen auch immer halbnackt herum, denn Scham kennen sie überhaupt nicht. Auch ihre Frauen nicht. Schöne, zartgliedrige Frauen sind es. Schwager Kees sagt, wenn man sie gut behandelt habe, hätten sie alles für einen getan.«
»Und das Meer dort – Mann, das ist so schön grün und so klar, dass man noch Meilen vor der Küste bis auf den Grund sehen kann und die Fische herumschwimmen sieht. Herrliche Fische in den buntesten Farben.«
»Aber das gibt's jetzt sicher alles nicht mehr.«
»Wird schon so sein.«
Einen Augenblick lang trauern sie um ein Land, das sie nie gekannt haben. Ein Paradies vom Hörensagen.
Leen Guyt legt sein Nähzeug hin und steht auf. Hustend schlurft er zur Reling und spuckt ins Wasser. Als er sich wieder an seine Ausbesserungsarbeit machen will und

sich umdreht, stutzt er. Eine Hand fährt aus der Hosentasche, er deutet in die Ferne: »Da ist es! Das Schiff!«
Erschrocken springen sie auf und spähen in die Richtung, in die er zeigt. Und wirklich entdecken sie am nebligen Horizont ein Schiff. Sie rennen an die Reling und winken aufgeregt, obwohl das Schiff noch weit weg ist.
Auf den Lärm hin kommen auch Arend und die anderen, die im Logis geblieben sind, an Deck. Das Schiff, das sich der *Noordster* zögernd nähert, ist offenbar ein Kutter. Ein Kutter mit weißen Segeln, wie Arend vorhergesagt hat.
»Ist es das, Arend? Das ist es doch?«
Arend zögert. »Sieht so aus, ja, so ungefähr ist es mir erschienen.«
Er macht eher einen besorgten als einen frohen Eindruck, aber das bemerkt keiner. Sie haben nur Augen für das weiße Schiff, die Arche der Rettung, die sie in ein neues Leben im neuen Jerusalem führen wird.
Gerrit Boezaard stiefelt auf die Pinne zu, um den Kurs der *Noordster* zu korrigieren. Schiffer Kromhout befiehlt die Fock zu setzen und geht nach achtern, sein Fernglas holen. Sie streichen ihre Kleidung glatt und fahren sich mit den Fingern durchs Haar.
Als der Schiffer wieder zurück ist und das Fernrohr ansetzt, macht er eine sensationelle Entdeckung.
»Wenn ich richtig sehe, dann ist das dort die *Petronella* von Jan Klok.«
Er reicht seinem Schwager Cor das Fernrohr. Schon bald sind sie sich sicher: Es ist wirklich der neue Logger der Reederei Gijs Hoek & Söhne. Keine großartige, von Gold

glänzende Fregatte, auf Deck stolze Engel mit flammenden Schwertern, die Kreuzesflagge im Topp, nein, es ist ein gewöhnlicher Zeewijker Heringslogger. Von allen Dörfern aller Länder muss Zeewijk dem Herrn wohl das Liebste sein, sonst hätte Er nicht außer der *Noordster* noch ein zweites Zeewijker Schiff verschont.

Das Fernrohr geht von Hand zu Hand.

»Wenn ihr mich fragt, s-s-sind sie gerade dabei, die Netze auszuwerfen«, stellt Hans Vooijs stotternd fest.

»Lasst mich mal«, sagt Arend. Er richtet das Fernglas auf den Kutter, aber Hans hat richtig gesehen.

»Beim Auswerfen sind sie?«, fragt der Schiffer verblüfft. »Warum sollten sie? Was hat das für einen Sinn?«

»Vielleicht weil sie noch nicht Bescheid wissen«, meint Arend.

»Wissen sie denn noch nicht Bescheid?«

»Kann schon sein, Jaap.«

»Aber … wie ist denn das möglich?«

Arend schiebt alle Befürchtungen beiseite. »Hört zu«, sagt er scharf. »Ich habe gesagt, dass ein weißes Schiff kommen wird, und es ist gekommen, die Vorsehung hat dafür gesorgt. Wenn Gott die Leute auf der *Petronella* in Unwissenheit lassen wollte, dann wird er schon Seine Gründe dafür gehabt haben. Es steht uns nichtigen Adamskindern nicht zu, Rechenschaft von Ihm zu fordern. Wir müssen zu ihnen hin und ihnen sagen, was geschehen ist; wir müssen ihnen sagen, dass es Gottes Wille ist, dass sie gerettet werden, und dass wir ihr Schiff brauchen, um nach Jerusalem zu kommen.«

»Und wenn sie nicht auf uns hören?«

»Dann beschwören sie das Unheil auf sich selbst herab, wie die Gottlosen von Sodom und Gomorrha.«
»Aber wenn sie uns nicht mitnehmen, wie kommen wir dann nach Jerusalem?«
»Vertraut nur auf den Herrn«, sagt Arend beschwichtigend. »Er hat versprochen, uns in Sein Haus zu führen, und der Herr ist treu, oder etwa nicht? Los, wir sagen es ihnen. Wir wollen doch sehen, ob es noch Gerechte gibt, und wenn es nur einer ist! Dann kann auch der gerettet werden.«
Sie sind alles andere als beruhigt, aber sie haben keine Wahl, es ist, wie Arend sagt: sie müssen es dem Herrn anheim stellen.

Als die *Petronella* in Rufweite ist, weist Arend vier Männer an, die zu dem weißen Logger rudern und der Besatzung Gottes Plan darlegen sollen. Das Boot wird auf die Reling gehoben und außenbords hinuntergelassen, doch das geschieht mit solcher Eile, dass es beinahe senkrecht unten landet und viel Wasser zieht.
Schiffer Kromhout, Gerrit Boezaard, Klaas van Beelen und Arends Bruder Dirk lassen sich hinunter. Mit den Füßen in einer Wasserlache stehend, legen sie die Ruder aus.
»Fahrt und sagt es ihnen! Gott der Herr findet kein Wohlgefallen an ihrem Untergang, sagt ihnen das! Sagt ihnen, dass es noch Rettung für sie gibt«, ruft Arend ihnen nach.
Von seiner weithin schallenden Stimme angespornt, seinen scharfen Blick im Rücken, rudern sie mit kräftigen Schlägen los. Doch statt direkt an der Backbordseite der

Petronella anzulegen, rudern sie um den Bug herum nach Steuerbord – um so wenigstens kurz aus Arends Blickfeld zu verschwinden, wie mir später berichtet wurde. In ihrer Eile kollidieren sie mit dem Spireep, das, schwer durch die im Meer treibenden Netze, vom Schaukeln der *Petronella* straff gespannt ist. Die Spitze des Bootes hebt sich aus dem Wasser, mit größter Mühe gelingt es ihnen, die Schaluppe wieder gerade zu richten und unter dem Schiffstau hindurchzufahren.

Als sie längsseits liegen, teilt ihnen Klaas van Beelen mit, dass er lieber im Boot warten möchte. Einer müsse doch nach dem Rechten sehen, meint er. Man könne nie wissen. Die drei anderen lassen sich an Bord der *Petronella* hieven, wo man inzwischen mit dem Aussetzen der Fleet aufgehört hat.

Neugierig werden sie von der Besatzung gemustert. Betreten lassen sie die forschenden Blicke über sich ergehen. »Na, im Reisekostüm und mit blank geputzten Schuhen?«, erkundigt sich Schiffer Jan Klok. »Wozu, wenn ich fragen darf?«

Seine Nüchternheit ist entwaffnend. Auf der *Petronella* wissen sie also tatsächlich noch von nichts. Daher haben die von der *Noordster* eine schwerwiegende Aufgabe zu erfüllen, und verlegen stammelnd ergreift Schiffer Kromhout das Wort. Er teilt der Besatzung mit, dass die Welt untergegangen, Zeewijk weggefegt ist. Die Posaune sei erschollen und sie hätten das neue Jerusalem aus dem Himmel herniedersteigen sehen. An Bord sei Arend Falkenier, der Christi Atem in sich trage und schon vor Tagen geweissagt habe, ein weißes Schiff werde kommen, mit dem sie nach Gottes Weisung nach Jerusalem fahren müssten, wo ihre Frauen und Kinder schon auf sie warteten. Das weiße Schiff, wonach sie so sehnlich Ausschau gehalten hätten, sei die *Petronella*.

»Glaubt mir, nichts ist verschont geblieben, alles ist untergegangen. Aber Gott der Herr hat auch euch erwählt, denn euer Logger ist weiß und rein.«

Mit offenem Mund hören sie ihn an.

»Bist du denn völlig behämmert, Jaap?«, flucht Schiffer Klok. »Wie sollte denn die Welt untergegangen sein? Du willst doch nicht allen Ernstes behaupten, dass du das glaubst?«

»Was ich sage, ist wahr, Jan.«

»Aber das ist doch unmöglich! Wenn die Welt untergegangen wäre, dann gäbe es doch auch die See nicht mehr. Denn so steht es in der Offenbarung: ›Und das Meer war nicht mehr‹, so hat Johannes es gesehen. Nun, das Meer, das ist noch! In völliger Windstille. Und wenn es das Meer noch gibt, dann kann doch auch die Erde nicht vernichtet sein?!«

Einen Augenblick droht Schiffer Kromhout dieser Logik zu erliegen. Hilfe suchend sieht er zu Gerrit Boezaard und Dirk Falkenier hin, doch die weichen seinem Blick aus.

»*Wie viele Gerechte?*«, tönt es von der *Noordster* herüber.

»Arend hat Wunder vollbracht, Jan. Er hat Dinge getan, die du nicht für möglich hältst.« Doch noch ehe er mehr darüber sagen kann, geht Schiffer Klok auf ihn zu und legt ihm die Hand auf die Schulter. »Komm«, sagt er, »wir reden unten weiter.«

Die beiden Schiffer steigen achtern ins Logis hinunter. Gerrit und Dirk bleiben mit den übrigen Besatzungsmitgliedern zurück, argwöhnisch von ihnen beäugt.
»Wenn meine Frau jetzt in Jerusalem ist, dann ist meine Schwiegermutter ganz bestimmt auch dort. Dann kann ich genauso gut hier bleiben«, witzelt einer.
Wie sollen Gerrit und Dirk bloß der Besatzung verständlich machen, was Gott ihnen befohlen hat? Die hämischen Blicke bringen sie dermaßen in Verlegenheit, dass sie sich, heuchlerisch wie Petrus, als er seinen vom Hohen Rat verurteilten Meister verleugnete, nach dem Verlauf der Reise erkundigen und nach der Menge der bis jetzt gefangenen Kantje. Doch die Besatzung der *Petronella* möchte mehr über ihre Erlebnisse der vergangenen Wochen erfahren, und da werden sie ernst. Mit wachsendem Selbstvertrauen berichten sie vom Wunder des schweren Katechismus, der nicht umfallen konnte, von den Geistern und dem Bibelheiligen, den sie gesehen haben – mit eigenen Augen, so wahr sie hier stehen. O gewiss, und noch viele andere Wunder.
Über den Tod von Willem Hoek schweigen sie. Es hat keinen Sinn, etwas zu erklären, was am helllichten Tag doch keiner begreift.
Dirks und Gerrits Überzeugungskraft ist offensichtlich so groß, dass einige Männer tatsächlich unsicher werden.
»Wie viele Gerechte?! Sagt es ihnen. Sagt ihnen, dass sie uns an Bord lassen sollen. Sagt ihnen, dass sie nicht umkommen werden!«
Sie sehen und hören Arend toben, sie fühlen die Bedrohlichkeit, die von dem imposanten Mann ausgeht. Einer

der Männer fragt sich laut, was Arend wohl tun wird, wenn er dahinter kommt, dass sie nicht nach Jerusalem fahren wollen. Wird er Gewalt anwenden? Wäre es nicht besser, schon mal die Netze einzuholen? Wenn die von der *Noordster* ihnen übel wollen, kommen sie hier nie rechtzeitig weg, dafür sind die acht ausgesetzten Netze schon viel zu schwer.
Sie beschließen, mit der Hole zu beginnen. Auf einmal hat die Besatzung der *Petronella* keine Zeit zu verlieren. Da der Dampfspill nicht benutzt werden kann, weil es mindestens anderthalb Stunden dauert, bis der Kessel richtig eingeheizt ist, fangen sie an, die Fleet mit der Hand einzuholen.

Inzwischen versucht Schiffer Jan Klok im hinteren Teil des Schiffes, seinen Kollegen von der *Noordster* auf andere Gedanken zu bringen. Auch er hat sich die Geschichten von der Vision und den Wundern, die Arend getan hat, angehört, doch er ist nicht im Geringsten beeindruckt.
»Ihr müsst den Kerl nach Hause schaffen«, sagt er abschließend.
»Unser Haus ist jetzt in Jerusalem, Jan.«
»Ach, tatsächlich? Und wie stellst du dir vor, dort hinzukommen, nach Jerusalem? Hast du etwa Seekarten vom Mittelmeer dabei? Übrigens haben sie die Dardanellen geschlossen, wusstest du das?«
»Wir brauchen keine Karten«, sagt Jaap Kromhout, der nicht weiß, wo die Dardanellen liegen, und mit offenen Augen in Jan Kloks Falle läuft. »Gott wird uns hinbringen.«

»Es ist nicht gut um dich bestellt, wenn du das alles für bare Münze nimmst.«
Schiffer Klok sieht ein, dass Reden keinen Sinn hat. Er schlägt nochmals vor, Arend mit Hilfe seiner Besatzung zu überwältigen und einzusperren, doch das weist Jaap Kromhout entrüstet zurück. Schließlich findet Schiffer Klok sich mit seiner Machtlosigkeit ab und steigt vor Jaap den Niedergang hinauf.
Auf der *Noordster* hat Arend angefangen, wild im Kreis herumzutanzen. Wie wahnsinnig jauchzend und hüpfend, schlägt er sich an die Brust und streckt die Arme gen Himmel. Als er die beiden Schiffer aus dem Logis kommen sieht, rennt er an die Reling und zeigt auf die Fleet, die die Besatzung der *Petronella* einholt.
»Kappen! Kappen das Zeugs!«
»Allmächtiger Gott, Jaap, merkst du denn nicht, dass der Mann völlig verrückt ist?«, fragt Gijs de Vreugd vorwurfsvoll, doch Schiffer Kromhout hebt nur strafend den Finger.
»Nimm dich in Acht, Gijs, du sprichst über einen Mann Gottes. Der Herr hat ihn so wunderbar berufen.«
Ein letztes Mal noch versucht Schiffer Kromhout, die Besatzung der *Petronella* dazu zu überreden, ihn und seine Leute an Bord zu nehmen und mit ihnen nach Jerusalem zu fahren – doch er findet kein Gehör. »Dann macht, was ihr wollt! Ich sage nichts mehr, jedes weitere Wort würde die Strafe Gottes nur noch schlimmer machen.«
Traurig reicht er Schiffer Klok die Hand. Bevor er von Bord geht, sieht er sich noch einmal um. »Lebt wohl! Möge der Herr euch gnädig sein«, sagt er leise.

Mit Gerrit Boezaard und Dirk Falkenier gesellt er sich wieder zu Klaas van Beelen, der all die Zeit längsseits gewartet und mit den Händen fast das ganze Wasser aus dem Boot geschöpft hat.
»Fahrt nur bald nach Zeewijk zurück, sonst nimmt es mit euch noch ein böses Ende!«, ruft Schiffer Klok ihnen nach.

Sie rudern mit kräftigen Schlägen in einem weiten Bogen zum Achtersteven, weg von den vorwurfsvollen, spöttischen Stimmen. Schiffer Kromhout zieht den Schirm seiner Mütze tiefer in die Stirn. Er hat getan, was er konnte, aber die Botschaft wurde nicht gehört, sie haben sie mit leeren Händen gehen lassen. Vorab hatte er gehofft, die Besatzung würde auf die Knie sinken und überrumpelt von der niederschmetternden Kraft Gottes der Aufforderung, mit ihnen gemeinsam nach Jerusalem zu fahren, unverzüglich Folge leisten. Dann wäre alles gut ausgegangen, es wäre eine frohe Fahrt zu der Gottesstadt geworden. Nun aber ist alle Hoffnung auf einen freudigen Ausgang geschwunden. Er macht sich Sorgen um das weitere Schicksal der *Petronella* und fragt sich, wie Arend und die anderen wohl auf die enttäuschende Nachricht reagieren werden.
Neben ihm sitzt Dirk Falkenier und konzentriert sich ganz auf den Riemen, dessen Blatt er nach jedem Schlag haarscharf über die Schaumkämme streichen lässt.
Hinter ihm kämpft Gerrit Boezaard mit plötzlichen Zweifeln an Arends Prophetentum. Ein Besatzungsmitglied der *Petronella*, Teun Schaap, ein stiller Junge, mit dem er früher zu Meister Bartels in die Schule ging, hat ihm vor-

hin während der übereilten Hole versichert, sie würden belogen und betrogen. »Es sind echt noch mehr Schiffe auf See unterwegs«, sagte Teun. »Heut Morgen haben wir noch eine Zeit lang einen englischen Trawler in Sicht gehabt. Der war gerade aus dem Hafen ausgelaufen, das sah man einfach.«

»Was? Bist du sicher?«

»So wahr ich hier stehe.«

Ungläubig starrte Gerrit ihn an. »Wirklich?«

»Meinst du, ich mach dir 'nen blauen Dunst vor? Mann, du kannst hier jeden fragen!«

Sofort pflichteten zwei andere ihm heftig nickend bei. Gerrit sah, dass sie die Wahrheit sprachen. Sollte die Welt untergegangen sein, nur England nicht? Arend hatte doch gesagt, alle anderen Schiffe seien gesunken?

Eine grauenhafte Erkenntnis überflutete plötzlich sein Hirn. Er wollte Dirk, der zwischen den Netze holenden Fischern stand, gerade rufen, da wurde er von dem Schauspiel an Bord der *Noordster* abgelenkt. Er sah Arend wie einen Wilden auf Deck herumtanzen. *Merkst du denn nicht, dass der Mann völlig verrückt ist?*

Er denkt an Willem Hoek. Er sieht sich noch das Tau durchsäbeln, an dem der kämpfende, um sein Leben flehende Willem hing. Die Reue über seine Tat schneidet ihm ins Herz, und schwindlig vor Schuldgefühl lässt er den Riemen ein paar Schläge lang ruhen, als sie den Achtersteven umrunden. Wie ein ungeheurer Schatten taucht die *Noordster* vor ihm auf. Kurz schielt er zu Klaas van Beelen hinüber, doch der rudert mit offenem Mund und kindlichem Vertrauen der Gefahr entgegen.

Klaas freut sich, dass sie wieder zur *Noordster* zurückkehren. Wieso Arend ausgerechnet ihn für diese Fahrt ausgewählt hat, ist ihm ein Rätsel, denn er ist nun einmal nicht besonders redegewandt. Nicht so gewandt wie die anderen, deshalb hat er auch längsseits auf sie gewartet. Hinterher tut es ihm ein bisschen Leid, denn jetzt hat er das unangenehme Gefühl, seine Kameraden im Stich gelassen zu haben. Die hatten es schwer, das sieht man ihnen an. Schade, dass die Kerle von der *Petronella* nicht hören wollten. Schiffer Kromhout, Gerrit und Dirk können nichts dafür, sie haben getan, was in ihrer Macht stand. Ach, Arend wird schon dafür sorgen, dass sie nach Jerusalem kommen! Von ihm aus dürfen sie jetzt ruhig etwas schneller rudern.

Ich habe das Porträt von Gerrit Boezaard aus meiner Schreibtischschublade hervorgeholt. Ein Geschenk seines Bruders. Ich sehe einen blonden Jungen, um dessen Lippen ein zurückhaltendes Lächeln spielt, misstrauisch starrt er in die Kamera. Frisch verlobt, als das Foto gemacht wurde, noch das ganze Leben vor sich. Wie ein paar Worte einem Leben eine völlig andere Wendung geben können! Schlüsselworte, die die Augen öffnen. *Es sind echt noch mehr Schiffe unterwegs, glaub mir.* Gerrit hört es von seinem früheren Schulkameraden, als er mit den alten Bekannten, die das göttliche Feuer ganz offensichtlich nicht verzehrt hat, am Reep zerrt. Und plötzlich sieht er sich selbst schlaglichtartig mit einem durchgeschnittenen Tau in der Hand dastehen und starrt voller Abscheu auf sein fanatisches, verrücktes Ich.

Schwer muss die Rückfahrt zur *Noordster* für Gerrit gewesen sein. Gewissensbisse bei jedem Ruderschlag. Angst vor dem, was bevorsteht, dem er nicht entkommen kann. Ich betrachte Gerrits Porträt und mir wird plötzlich klar, dass auch ich wahrscheinlich nicht gefeit gewesen wäre gegen den um sich greifenden Wahnsinn an Bord. Auch ich hätte Arend geglaubt, auch mich hätte er hypnotisiert, und das ist eine äußerst beunruhigende Erkenntnis.

***

Nicht lange, nachdem sie ungeschlacht – »wie die Schweine«, sollten sich die Leute von der *Petronella* später erinnern – an Bord geklettert sind, scharen sie sich um Arend. Bedrückt stehen sie an der Reling. Sie haben wie die *Petronella*, die die Netze inzwischen binnenbords hat, die Segel gesetzt. Beide Schiffe halten vorläufig denselben Kurs. Die *Noordster* etwas hinter der *Petronella*, die ein wenig schneller ist.
Sie hören Arend zu, der groß und mächtig und kahl wie der Prophet Elisa über ihre Köpfe hinweg in die Ferne starrt, in die Ferne, aus der die Worte kommen, die ihm eingegeben werden. Wenn Arend spricht, dann ist es, als kündeten mindestens vier Propheten zugleich von ihren Träumen.
»Seht sie euch gut an, Leute. Ins Verderben fahren sie. Das neue Jerusalem werden sie nicht zu Gesicht bekommen, und daran sind sie selber Schuld. Fürchterlich wird ihre Strafe sein, das kann ich euch versichern. Vor Elend werden sie in den Mast klettern, alle Tage werden sie nach

Land Ausschau halten, aber nie werden sie etwas anderes sehen als das Meer, das Meer und nochmals das Meer. Das Trinkwasser wird ihnen ausgehen, und sie werden, von nichts als salzigem Seewasser umgeben, bis in alle Ewigkeit vor Durst umkommen. Ihre Zungen werden wie Leder sein. Sie werden den Tod suchen, aber nicht finden. Aber ach, trauert ihnen nicht nach, das ist das Beste. Schaut sie euch ruhig noch mal an.«

»Aber wir, wir fahren doch nach Jerusalem, nicht, Arend?«, fragt Cor Kloos besorgt.

Arend schenkt ihm ein seliges Lächeln. »Aber gewiss, Cor. Hab keine Angst, die Hand des Herrn wird uns führen und der Wind wird uns an den Ort tragen, der für uns bereitet ist. Bald dürfen wir jubeln vor Seinem Thron.«

»Vor Seinem Thron und vor dem Lamm«, fügt Leen Guyt hinzu.

»So ist es. Aber denkt daran, die Tage der Prüfung sind noch nicht vorbei. Der Satan mit seinem Heer von Teufeln ist noch immer auf der Flucht. Aber nicht mehr lange, das kann ich euch versichern.«

»Hast du eine Ahnung, wie lange es noch dauert, bis wir in Jerusalem sind?«, fragt der Schiffer.

»Nicht mehr lange. Ein paar Tage, höchstens eine Woche, dann sind wir für immer von diesem Jammertal erlöst. Dann trinken wir vom Wasser des Lebens. Umsonst und so viel wir wollen. Oh, Jungs, wie herrlich wird das werden!« Seine Stimme bricht, seine Rührung erfasst auch sie. Das unerreichbar gewähnte Jerusalem kommt wieder in Sicht, und sie folgen Arends Beispiel, als er die Hände faltet und die Augen schließt, um ein Dankgebet zu sprechen.

Nach dem Beten hat sich der Abstand zur *Petronella* nochmals um etwa fünfzig Meter vergrößert. Arend gibt den Befehl, den Steven durch den Wind zu bringen, die Segel jedoch nicht hinüberzunehmen. Der Wind kommt aus Ost, so dass die *Noordster* sich in westliche Richtung von dem Logger mit den weißen Segeln entfernt und langsam der englischen Küste zutreibt.
»Ich muss hinunter. Der Herr ruft mich«, sagt er. »Geht ihr nur ins Logis achtern. Hängt nicht auf Deck herum, habt ihr gehört?« Und er dreht sich um und steigt ins Vorschiff hinunter, um zu hören, was Gott der Herr ihm zu sagen hat.

Der aufkommende Nordwind peitscht die See auf. Achtern im Logis berichtet Schiffer Kromhout von seinem Gespräch mit Schiffer Klok.
»Es war, als verstünde er nicht, was ich sagte. Er kapierte einfach nichts, als hätte der Teufel ihm Watte in die Ohren gesteckt! Ich redete gegen eine Wand.«
»Sie haben ›ein Brandmal in ihrem Gewissen‹«, erklärt Leen Guyt feierlich.
»Das kann man wohl sagen.«
»Schrecklich, wenn man bedenkt, was ihnen bevorsteht.«
»Auf ewig verloren.«
Harte Worte hallen durch die Stille.
»Wenn es stimmt, was Arend sagt«, entfährt es Gerrit Boezaard plötzlich.
Der Schiffer reagiert erschrocken: »Wie meinst du das: wenn es stimmt? Glaubst du denn, dass es nicht stimmt?«
Gerrit sieht, wie die Ader an Kromhouts Schläfe an-

schwillt, er merkt, er muss vorsichtig sein. »Na ja, ich weiß nicht, aber anscheinend sind noch mehr Schiffe unterwegs. Teun Schaap hat mir erzählt, sie hätten heute Morgen einen englischen Trawler gesehen, der gerade erst aus einem englischen Hafen ausgefahren war. Ich weiß nicht, ob es stimmt, aber gesagt hat er's.«

»Das ist alles Unsinn!«, protestiert der Schiffer heftig. »Er hat dir 'nen Bären aufgebunden!«

»Es klang aber ganz so, als ob er sich sicher sei, Jaap.«

»Hat er denn diesen Trawler mit eigenen Augen gesehen?«

»Ja, das hat er gesagt.«

Der Schiffer denkt kurz nach.

»Nun, er wird wohl *gemeint* haben, etwas zu sehen. Der Teufel kann einen alles glauben machen. Dass du etwas siehst, was überhaupt nicht da ist. Eine Sinnestäuschung, das war es, um die Kerle von der *Petronella* irre zu machen und uns ins Wanken zu bringen. Aber das wird ihm nicht gelingen.«

»Nein, denn wir wissen, was wir wissen, und wir rühmen uns Gottes«, ergänzt Leen Guyt. »Wir selbst haben doch, seit wir die Posaune gehört haben, kein Schiff mehr gesehen?«

»Das stimmt.«

»Na also.«

Gerrit zuckt die Achseln. »Ich sage ja nur, was ich gehört habe. Teun Schaap war sich sicher, das ist alles, was ich sagen kann.«

Gerrits Zweifel versetzt alle in Unruhe. Sie verstehen nicht, warum er sich auf einmal so widerspenstig gebärdet. Er, der wohl Arends treuester Anhänger ist, scheint sich auf einmal schwer damit zu tun, Schiffer Kromhouts nur allzu einleuchtende Erklärung anzunehmen. Gerade jetzt, wo es darauf ankommt, unerschütterlich am Glauben festzuhalten, gerät er ins Wanken. Er sollte doch wissen, was der Teufel vermag. Der Satan hat doch auch ihn schon mehrmals in Versuchung geführt.

Mürrisch vor sich hin starrend, versucht Gerrit, seine unbesonnenen Gedanken zu zügeln.

»Ich wollte, wir wären schon in Jerusalem«, stöhnt Piet van der Marel und denkt an seine Frau Jannie, die so schön ist, dass ein berühmter Künstler aus Den Haag – ein Maler des Strandlebens – sie neulich nach langem Drängen dazu überredet hat, sich verewigen zu lassen: mit wallendem Haar vor der Brandung, den schmachtenden Blick in die Ferne gerichtet. Das Gemälde hängt nun in einem Museum.

»Mach dir keine Sorgen, Piet, wir sind noch früh genug dort«, sagt Leen Guyt. »Wir haben doch alle Zeit.«

Plötzlich lacht Leen so, wie Arend manchmal lacht, ausgelassen und mit hochgezogenen Augenbrauen. Sie versuchen, ihm in seiner burlesken Heiterkeit zu folgen. Sie lächeln, aber es will ihnen nicht gelingen, die schmerzliche Sehnsucht nach Erlösung und nach ihren Familien abzuschütteln. Von nördlichen Winden angetrieben, segeln sie bedrückt über die verwüstete Erde.

***

Am frühen Abend, als die Sonne hinter dem grauen Dunst verschwindet, der vom Meer aufsteigt, erscheint

Arend im hinteren Logis. Mit schüchternem Ernst, auf den Schultern die Last des heiligen Auftrags, zu dem er sich berufen weiß, setzt er sich ans Kopfende des Tisches, an den Platz des Schiffers. Ehrfürchtig warten sie ab, was er zu sagen hat. Die Petroleumlampe brennt, denn in dem mit dunklem Eichenimitat verkleideten Mannschaftsraum dämmert es schon.

Die Stimme des Herrn habe wieder zu ihm gesprochen, sagt er. Er habe lange gebetet und sich dann in seine Koje gelegt. Bald schon sei er eingeschlafen und habe einen Furcht erregenden, warnenden Traum gehabt. Einen Traum wie eine Vision: Er stand auf dem Vorderdeck der *Noordster* und fuhr am Rand der Hölle entlang. Darüber, was er von der Hölle zu sehen bekam, möchte er nichts sagen, er möchte ihnen von der liebevollen Stimme berichten, die plötzlich wieder zu ihm sprach. Die Stimme sagte: »Seid getrost, ich habe die Welt überwunden«, und sofort verzog sich der erstickende Rauch, der überall hing. Darauf habe er die Sonne über dem Meer leuchten sehen, und ein sich schlängelnder Pfad aus Sonnenfunken wurde vor ihm ausgerollt. Voller Entzücken sei er aufgewacht.

»Denkt daran, was Christus gesagt hat: ›Und die Pforte ist eng, und der Weg ist schmal, der zum Leben führt, und wenige sind ihrer, die ihn finden.‹ Wir haben den Weg zur Gottesstadt gefunden. Es ist ein schmaler Weg über ein weites Meer voller Gefahren, aber der Herr führt uns, was haben wir da zu fürchten?«

Schöne Worte. Sie schweigen eine Weile. Dann sagt Leen Guyt, er habe neulich einen ähnlich tröstlichen Traum gehabt. Von seiner Frau und seinen Kindern, die am Ufer eines Flusses standen und ihm zuriefen und -winkten. Hans Vooijs erzählt, ihm habe von einem Löwen geträumt, der weißen Kaninchen in den Dünen liebevoll das Fell leckte. Bald zeigt sich, dass auch die anderen alle Gesichte gehabt und Träume geträumt haben. Strahlend berichten sie einander davon.

Plötzlich steht Gerrit Boezaard auf und zwängt sich zwischen dem Tisch und den angewinkelten Beinen durch zum Niedergang. Als Einziger hat er sich nicht von ihrem Frohsinn anstecken lassen. Seit er auf der *Petronella* war, grübelt er über Teun Schaaps Behauptung, er habe einen englischen Trawler gesehen.

»Musst du zur Tonne, Ger?«, fragt Arend.

»Nein, ich will nur kurz nach oben. Bin gleich wieder da.«

»Dann lass noch jemanden mitkommen. Ich will nicht, dass du allein gehst, es ist zu gefährlich.«

»Das ist nicht nötig. Ich bleib ja nicht lange.«

»Ger, ich sage doch, du sollst nicht allein gehen.«

»Ich möchte aber lieber für mich sein, Arend«, sagt Gerrit leise, aber bestimmt.

Argwöhnisch mustert Arend seinen widerspenstigen Jünger, der zögernd den Fuß auf die unterste Stufe stellt.

»Ger, sieh mich an. Was ist los mit dir?«

Hier löckt einer wider den Stachel. Alle halten den Atem an. Gerrit zieht den Fuß wieder zurück, aber seine Hände weigern sich, die Treppe loszulassen.

»Sag mir, was mit dir ist.«

»Nun lass mich doch. Ich will einfach mal an Deck.«

»Das ist keine Antwort, danach habe ich nicht gefragt. Wie es um deinen Glauben bestellt ist, das ist es, was ich

wissen will! Glaubst du eigentlich noch an das, was ich sage? Glaubst du noch an mich?«
Der ungehorsame rechte Fuß scharrt nervös über den Holzboden. Zum Glück lassen die Hände die Treppe jetzt los.
»Ich weiß es nicht, Arend. Manchmal denke ich, äh … Ich weiß es einfach nicht.«
Arend fährt hoch. Wütend sieht er Gerrit an, der mit gesenktem Blick und hängenden Schultern vor dem Niedergang steht.
»›Es ist aber der Glaube ein Nichtzweifeln an dem, das man nicht sieht!‹ Besitzt du diesen Glauben, dieses Nichtzweifeln?«
Es bleibt still.
»Seht euch doch an, wie er dasteht!«, wettert Arend weiter. »Nichts als Feindseligkeit gegen mich und gegen Gott. Erst ist er voll von Geschichten, wie der Herr sein Leben verändert hat, und jetzt? Ein Pharisäer, der den Becher auswendig reinlich hält, inwendig aber ist's voll Raubes und Fraßes. Wenn ihr mich fragt, ist er um kein Haar besser als sein heidnischer Schwiegervater.«
Gerrits beharrliches Schweigen wird Arend zu viel. Durch eilig angezogene Beine hindurch steuert er auf die andere Seite des Logis zu, mit verhaltenem Zorn bleibt er zwei Schritte von Gerrit entfernt stehen.
»Kriege ich noch Antwort?«
Gerrit atmet schwer, seine Augen blitzen, doch er verharrt in seinem Schweigen.
Auf einmal scheint Arend sich zu beruhigen. Langsam streckt er die Hand aus, er senkt die Stimme.

»Hier, ich reiche dir die Hand, denn der Herr will Böses nicht mit Bösem vergelten«, sagt er salbungsvoll. »Nimm sie und knie nieder. Demütige dich vor mir und dem Herrn.«
Glasig sieht Gerrit auf die Hand, die da vor seiner Brust hängt, ergreift sie aber nicht. Arend lässt die Hand wieder sinken.
»Du schaffst es nicht, was?«, zischt er. »Hier, ich versuch es noch mal. Meine Hand, meine rettende Hand. Ergreif sie, Ger, denn: ›Nur ein Wort, so wird mein Knecht gesund.‹ Fall auf die Knie und bekenne in Gegenwart von Gott und Seiner Gemeinde, dass du an mich glaubst. Noch ist es nicht zu spät.«
Gerrits Unterkiefer klappt noch weiter herunter, als die kräftige Klaue zum zweiten Mal vor seiner Brust schwebt. Doch auch dieses Mal weist er den Mann Gottes ab.
»Weißt du eigentlich, was du tust? Zwei Mal schon habe ich dir meine rettende Hand hingestreckt, und zwei Mal hast du sie abgelehnt. Ich reiche sie dir noch einmal, zum dritten und letzten Mal. Bekenne deine Sünden vor Gott. Vor Gott, hörst du? Auf die Knie, Gerrit, aber sofort! Das ruft dir Christus zu, ist dir das klar?«
Als die Hand ihn zum dritten Mal sucht, weicht Gerrit einen Schritt zurück. Flehend sieht er in den Mannschaftsraum, doch alle starren ihn bestürzt an.
»Es ist gelogen!«, platzt er heraus. »Wir haben Willem umsonst ins Meer geworfen. Glaubt mir, es ist alles gelogen. Es sind noch viel mehr Schiffe auf See, die Welt ist gar nicht untergegangen! Und er ist nicht der, für den er sich ausgibt!«

Rasend vor Zorn, gibt Arend Gerrit einen Stoß, dass er hinfällt. Wie ein Dolch schnellt Arends Finger in Gerrits Richtung.
»Was ist in dich gefahren? Oder, besser gefragt: *wer* ist in dich gefahren? Ist er's, der große Verführer, der jetzt spricht? Bist du schon wieder da und säest Zwietracht, Satanas?!«
Er ballt die Faust und schlägt mit ganzer Kraft drei Mal auf den langen Tisch. Mit einem Krachen birst die Platte. Im gleichen Moment fegt ein kräftiger Windstoß durch den Raum. Die Petroleumlampe erlischt und die Luke des Oberlichts fällt mit einem lauten Schlag zu.
Erschrocken sehen alle auf Gerrit, dessen Gesicht in dem fahlen Licht, das durch die Patentscheiben des Niedergangs fällt, unheimlich aufleuchtet. Er sieht sie mit aufgerissenen Augen an, er wittert die Todesgefahr, und um sich zu wehren, beginnt er auf einmal boshaft zu grinsen. Sie erstarren. Außer sich vor Angst, beugt Gerrit sich vor und faucht wie eine Katze, drohend streckt er die Hände nach ihnen aus. Schreiend springen sie auf und drängen zur Treppe, alle wollen den Raum gleichzeitig verlassen. Arend, der als Erster nach oben geklettert ist, hilft einem nach dem anderen heraus. In ihrer Angst rennen sie Gerrit über den Haufen. Sie treten ihn unter die Bank, aber schon ist er wieder hervorgekrochen und stürzt sich auf Cor Kloos, der als Letzter das Weite sucht. Cor tritt nach ihm und schreit aus Leibeskräften: »Lass mich los! Im Namen des Herrn, lass mich los!«
Als auch Cor mit Hilfe der anderen an Deck angelangt ist, bezieht Arend an der Treppe die Wache. Gerrit sitzt laut

schreiend am Boden, dreht den Kopf nach allen Seiten und rollt Grauen erregend mit den Augen.

»Besessen ist er, hab ich's nicht gesagt. Schnell, eine Axt! Nehmt, was ihr finden könnt! Der Teufel da muss vernichtet werden, bevor er uns alle packt.«

Panisch rennen sie los und kommen mit Schaufeln, Hackbeilen und einer Axt zurück. Gerrit versucht noch einmal verzweifelt, an Deck zu klettern, aber sobald er den Kopf durch die Öffnung steckt, stößt Arend ihn mit einem kräftigen Tritt zurück.

Arend nimmt Klaas von Beelen die Axt ab und winkt Hans Vooijs zu sich. Gemeinsam steigen sie ins Logis hinunter. Gerrit schreit, setzt sich mit den Händen und dem Blick seiner weit aufgerissenen Augen zur Wehr – bis Hans mit der Kohlenschippe ausholt und ihn mitten ins Gesicht trifft. Gerrit wankt und schlägt die Hände vors Gesicht, im selben Moment springt Arend vor und treibt ihm die Axt in den Arm. Vor Schmerz aufbrüllend, sinkt Gerrit zu Boden. Darauf stürmen noch drei andere mit Beilen bewaffnet die Treppe hinunter und stürzen sich auf ihn; sie schlagen und stechen, bis er sich nicht mehr bewegt und das Blut über ihre geputzten Schuhe rinnt.

Sie treten ein paar Schritte zurück und stieren starr vor Angst und Wut auf ihn herab. Gerrit liegt auf dem Rücken, sein Gesicht ist bis zur Unkenntlichkeit entstellt, sein Schädel gespalten, sein Bauch aufgeschlitzt. Selbst der tote Körper flößt ihnen noch Angst ein, man kann ja nicht wissen, ob der Teufel ihn schon verlassen hat. Aus dem blutig zerschlagenen Gesicht glotzt das linke Auge sie boshaft an.

Arend schiebt die Beine und Arme des Toten mit dem Fuß auseinander und macht sich daran, sie abzuhacken. Die Arme lassen sich mit ein paar Schlägen leicht vom Rumpf abtrennen, die Beine bereiten ihm mehr Schwierigkeiten. »Der Teufel hat harte Hachsen«, murmelt er.
Als er seine Schlächterarbeit vollzogen hat, zerrt er den blutüberströmten Leichnam am Hals die Treppe hinauf. Die anderen sammeln die Arme und Beine auf und folgen Arend.
Gerrits sterbliche Überreste werden über Bord geworfen. Schweigend schaut die Mannschaft zu, wie sie hinter dem Ruder schaukelnd in den Wellen versinken.

»Wir haben Todesängste ausgestanden«, gestanden die Männer mir später. »Wir sahen, wie Gerrit sich schlagartig veränderte. Es war auf einmal nichts Menschliches mehr an ihm. Arend sagte, wir wären mit knapper Not davongekommen und müssten dem Herrn danken, und wir glaubten ihm.«

Gehorsam falten sie die Hände und senken den Kopf unter dem gewittrig sich wölbenden Firmament. Das allsehende Auge Gottes beobachtet sie. Sie sind in Gefahr, von dunklen Mächten bedroht. Himmel und Hölle kämpfen miteinander, für sie aber gibt es keinen Ausweg. Ein paar Schritte nach Backbord, ein paar nach Steuerbord, und schon stehen sie an der Reling. Vom Vorder- zum Achterdeck sind es gerade mal fünfundzwanzig Meter, und Hindernisse überall: Poller, Masten, Rollen, Luken, Krippen. Eine schaukelnde Enge auf dem weiten Meer,

und immer sind sie von ihren Kameraden umringt, immer in Arends Reichweite, der mit seiner Stimme und seinem Blick ihre Stimmungen lenkt.
Ich sehe sie mit gesenktem Kopf um ihn stehen. Die wässrige Sonne sinkt hinter den Horizont, es ist gegen fünf Uhr nachmittags und der Wind weht den Geruch des Todes vom Schiff fort. Angsterfüllt und verwirrt lauschen sie den Worten des Dankgebets. Ein auf und ab wogendes Unheil, eine Flut von Angst, ein Meer des Wahns.

Die Nacht sinkt herab und Arend klettert mit den anderen an Deck. Er hebt die Hand und sie sind still. Forschend sieht er um sich. Er dreht sich ein paar Mal im Kreis und horcht in die Dunkelheit hinaus, doch seine überempfindlichen Ohren hören nichts als das Rauschen des Meeres. Die bösen Mächte sind verstummt, durch seine Kühnheit aus dem Feld geschlagen.

»Es ist gut, wir haben nichts zu befürchten.«

Er streift sich den blauweiß gestreiften Marinepullover über den Kopf. Er steigt aus seinen Holzschuhen und knöpft die Hose auf, wenig später steht er nackt bis auf die Unterhose zwischen ihnen. Ehrfürchtig heben sie seine Kleidungsstücke auf und legen sie neben den Niedergang, während Leen Guyt und Piet van der Marel mit einer Pütze wieder ins vordere Logis hinuntersteigen.

»Frierst du?«, fragt der Schiffer, aber Arend schüttelt den Kopf und faltet keusch die Hände vor dem Bauch.

Vom Achterdeck kommt Cor Kloos mit einem Waschbottich, den er neben Arend stellt. Aus dem Logis reichen Leen und Piet eine Pütze nach der anderen mit dem Süßwasser aus der Pumpe herauf, die anderen leeren sie in den Bottich. Als der Waschzuber drei Viertel voll ist, bedeutet Arend, es sei genug. Ächzend lässt er sich in das kalte Wasser sinken.

Er muss gewaschen werden. An seinem Gesicht und seinen Händen klebt noch Blut von Gerrit, auch seine Kleider sind voll Blut. Als er vorhin seinen Pullover auszog, sahen sie im Mondlicht dunkle Flecken auf seiner Brust und seinem Rücken. Gerrits Blut, das sich mit dem des Bösen vermischt hat, scheuert Arends Haut wund. Das hat ihm mehr und mehr zu schaffen gemacht, je weiter der Abend vorrückte.

Sie werden ihn waschen. Ihn weißer machen als Schnee.

Unter dem Oberlicht sitzen die beiden Jüngsten mit je einer Pütze zwischen den Beinen, um die Flecken aus Arends Kleidern zu schrubben.

Arend legt den Kopf in den Nacken und schließt die Augen. Das Waschwasser schwappt sanft an seine Brust und dämpft seine Unruhe. Er stemmt krampfhaft die Hände gegen die Innenwände des Bottichs, so dass es aussieht, als halte er den Waschzuber mit Mühe auf dem wogenden Deck im Gleichgewicht. In dieser wehrlosen Haltung fordert er sie auf, näher zu kommen.

Sie beugen sich über ihn. Ihre Hände schöpfen Wasser, lassen es über seinen Rücken, seine Brust und sein Gesicht fließen, immer von neuem. Abwechselnd überwältigt und liebkost das Wasser ihn, er wird wieder zum kleinen Jungen. Da ist auch schon seine Mutter, unerbittlich reiben ihre Hände ihn mit grüner Seife ein. Er lässt sie gewähren. Die intime Stille stimmt ihn fröhlich, das Deck duftet nach der Küche mit den beschlagenen Fensterscheiben.

»Singt doch ein Lied«, flüstert er den ihn umringenden Schemen zu, und sie gehorchen. Mit gedämpfter Stimme hebt der Schiffer an, die anderen fallen ein, so zärtlich wie ihre Hände sind jetzt ihre Stimmen: »Zeige, HERR, mir deine Wege, mach mir deinen Pfad bekannt.« Ein Psalm für die Jugend, einer der Ersten, die er als Kind in der Kirche mitsingen konnte. Auswendig gelernt in der Schule von Schulmeister Bartelse. Nach dem Singen in der Kirche steckt die Mutter ihm ein Karamellbonbon zu. Es langsam im Mund zergehen lassen, so lange wie möglich genießen, den Pastor beobachten, der mit der Predigt beginnt. Aber seine Aufmerksamkeit lässt nach, sein Blick schweift ab, hin zu den vielen Gesichtern, den Kronleuchtern, der Orgel mit ihrem Pfeifenfächer, den bunten Glasfenstern mit dem Sämann und dem von einer sich kräuselnden Welle bedrohten Schiffer. Er sieht hinüber zur Bank der Kirchenältesten mit dem Zeewijker Wappen, dann dorthin, wo die Familie des mächtigsten Mannes im Dorf sitzt: Bürgermeister Kaspers, den er maßlos bewundert, seit er ihn in einem Februarsturm erlebt hat. Dieser untersetzte Mann ist so mächtig, dass er über Leben und Tod gebietet. Wieder sieht er es vor sich, sieht sich selbst in dem schon seit drei Tagen anhaltenden Sturm mit seinem Onkel Piet am Strand stehen. Sie schauen auf die schnaubenden, sich aufbäumenden Pferde neben dem Rettungsboot. Ein Schiff ist in Seenot, ein deutsches Fischereischiff, das steuerlos auf die Küste zutreibt. Ab und zu taucht es kurz hinter der gischtenden Brandung auf. Das ganze Dorf ist auf den Beinen, die Leute am Strand krümmen die Rücken gegen den peitschenden Wind. Er sucht Schutz hinter seinem Onkel und sieht zu den Männern hin, die im Begriff sind, mit Booten, Pferden, Tauen und Ketten in die wütenden Wogen zu gehen, um die armen Deutschen zu retten.

Doch auf einmal ist da der Bürgermeister, er fuchtelt wild mit den Armen, läuft auf die Männer zu. »Hier geblieben!«, befiehlt er. »Ihr bleibt hier, habt ihr gehört? Die haben Typhus an Bord.«
»Woher weißt du das?«, fragen die Männer, doch dazu will der Bürgermeister sich nicht äußern; offenbar weiß er Dinge, die einfachen Leuten verborgen sind.
Typhus. Ein giftiges Wort, vor dem die Männer zurückschrecken. Vor fünfzehn Jahren etwa starben im Dorf innerhalb von wenigen Monaten an die dreihundert Menschen an dieser Krankheit; unter den Toten war auch eine Tochter des Bürgermeisters. Die Männer zögern, wissen nicht, ob sie es glauben sollen, aber der Bürgermeister droht mit Gefängnis, wenn sie sich nicht fernhalten vom sinkenden Schiff. »Wir können sie doch nicht einfach ersaufen lassen«, protestieren die Männer, aber Bürgermeister Kaspers ist nicht zu erweichen. Obwohl die kräftig gebauten Männer ihm zahlenmäßig weit überlegen sind, und er mindestens einen Kopf kleiner ist als die meisten von ihnen, ist sein Wille Gesetz. In der Ferne, das Gebrüll des Sturms und der Brandung übertönend, sind die Schreie der Deutschen in Todesnot zu hören. Die Frauen weinen, rufen dem Bürgermeister Verwünschungen zu, der jedoch, allwissend und allmächtig, hält die Menge in Zaum. Hinter dem breiten Rücken seines Onkels hervorlugend, sieht Arend voller Bewunderung zu. Auf die Dauer können einige Männer das verzweifelte Schreien nicht mehr mit anhören und gehen doch mit dem Rettungsboot und den Pferden ins Wasser, aber da ist es bereits zu spät. Das Schiff kentert und versinkt in den Wogen.

Später werden die Leichen angespült. Im Auftrag des Bürgermeisters werden sie zusammen mit dem Treibgut in den Dünen begraben. Keiner im Dorf möchte an dieses beschämende Ereignis erinnert werden. Als sich wichtige Männer aus Den Haag und IJmuiden nach dem Hergang des Schiffbruchs erkundigen, schweigen die Dorfbewohner.
Aber die Ertrunkenen rächen sich. Gerüchte gehen um. An der Stelle, wo die unglücklichen Deutschen liegen, hören mehrere Zeewijker Gejammer und leises Weinen, Kettengerassel und das Wiehern von Koos Jonkers Pferd, das beim letzten Rettungsversuch ertrank. Die Düne hinter dem namenlosen Massengrab bekommt einen Namen, den die Zeewijker nur mit Schauder aussprechen: die Kettendüne.
An einem frühen, regnerischen Morgen wenige Monate nach dem Sturm kommt Arend an besagter Stelle in den Dünen vorbei. Mit klopfendem Herzen lässt er sich in der Mulde auf die Knie fallen. Er hält das Ohr ganz nah an den nassen Sand und horcht. Das Helmgras zittert im Wind, und plötzlich hört auch er deutlich das unterdrückte Wehklagen und das Klirren der Ketten. Er spürt, wie sich tief unter ihm in der Erde ein schwarzes Pferd verzweifelt abmüht, sich bäumt und mit vor Angst aufgeworfenen Nüstern den Weg nach oben sucht. Panik erfasst ihn, er springt auf und ergreift die Flucht.
Diese Bilder schwirren ihm durch den Kopf, die Erinnerung an die Angst zwingt ihn, die Augen zu öffnen. Er schiebt die dienstbaren Hände, die ihn waschen, von sich, sieht das Pferd aus dem Traum, den er vor ein paar Tagen

hatte, am Strand entlanggaloppieren und vor Erschöpfung zusammenbrechen. Hastig steigt er aus dem Bottich, triefend stapft er über das Deck. Die Nacht schließt ihn ein. Er fühlt, das Heer der Teufel ist näher gekommen, es belauert ihn und wartet nur darauf, dass er schwach wird. Wütend bleibt er stehen. Kurz scheint der Mond durch schwarze Wolkenschleier, das Deck erstarrt in gespenstischem Licht.

Aber wovor fürchtet er sich eigentlich? Er, ein Gesalbter Gottes?

Das Mondlicht verblasst, tiefer noch lässt er sich in seinen Wahnsinn sinken und fordert die Mächte der Hölle heraus: »Kommt nur! Ich weiß, dass ihr da seid, ich rieche euch. Ihr seid Gestank in meiner Nase!«

Doch sie kommen nicht, sie getrauen sich nicht. Triumphierend reckt er die geballten Fäuste gen Himmel und wirft den Kopf in den Nacken: »Barra-karraami! Rabbuni jakoborraaa!«

Die Männer sehen, wie die Kraft Gottes plötzlich in Arend fährt. Von Zuckungen geschüttelt, stürzt er, schlägt hart auf das Deck auf. Er wirft den Kopf hin und her und stößt weitere unverständliche Laute aus. Er redet in Zungen, der Heilige Geist rast durch seinen Leib. Sie halten gebührenden Abstand.

Minutenlang zuckt und tobt es in ihm. Dann kommt er zur Ruhe, die Kraft Gottes strömt langsam aus seinem Körper.

Als er sich mühsam aufrichtet, scheint er einen Augenblick lang nicht zu wissen, wo er ist. Erstaunt sieht er sie an. Er wittert ihre Furcht, und der gequälte Ausdruck

weicht aus seinem Gesicht. Plötzlich bricht er in lautes Gelächter aus. Wie ein Betrunkener schwankt er auf sie zu, einen nach dem andern packt er an der Schulter und schüttelt ihn prustend.
»O Kinder, wie ist Gott doch so gut! Immer wieder erfahre ich es. Ich fließe über von Seiner Liebe!«
Jetzt strahlen seine Augen. Vergnügt versetzt er diesem und jenem einen Puff in den Bauch. »Worüber sollten wir uns noch aufregen? Ist es nicht wunderbar? Was, Klaas? Was meinst du, Leen? Ist es ein Wunder oder nicht?«
Einen nach dem andern steckt er an mit seiner Fröhlichkeit. Sie sehen sich an und lachen, lachen immer lauter. Sie lachen sich die Beklemmung von der Seele.

Der Rest der Nacht wird zu einer großartigen Feier ihres Auszugs. Im Logis kramen sie Erinnerungen aus an Zeewijk, das jetzt zerstört ist. Sie lassen einen langen Zug von Bekannten und Freunden mit all ihren Eigenarten an sich vorbeiziehen. Zum ersten Mal, seit die Welt untergegangen ist, wagen sie es, so freimütig über ihre verlorene Heimat zu sprechen. Diesmal kann der unterschwellige Kummer ihnen nichts anhaben, denn sie werden »Sein Antlitz in Gerechtigkeit und Seines Anblicks Herrlichkeit mit ew'ger Freud und Jubel schauen«. Sie heitern einander auf mit ihren Vorstellungen vom neuen Jerusalem und vom immer währenden Glück.
Sie werden Gott schauen, versichert Arend ihnen nochmals. Von Angesicht zu Angesicht, und Jesus und seine Jünger, die Erzväter und die Propheten. Insgeheim hoffen sie, dass alle Zeewijker, die in ihren Geschichten vorkom-

men, der Verdammnis entronnen sind. Erst bei Tagesanbruch werden die Männer müde.

An diesem Morgen, als sie Anstalten machen, ihre Kojen aufzusuchen, zieht Arend mit seinem Bruder Dirk ins Logis achtern um. Er braucht einen Ort, wo er sich absondern kann, wenn der Herr ihn ruft, sagt er. Der Schiffer müsse seine Kajüte eben räumen und zu den anderen ins vordere Logis ziehen. Mit einem einfachen Kopfnicken tritt er Arend den letzten Rest seiner Befehlsgewalt ab.

»Ab jetzt kommt ihr zu mir, wenn was ist«, gebietet Arend. »Und wenn es mitten in der Nacht ist.«

Doch als Klaas van Beelen noch keine Stunde später nach achtern geht – der Wind hat aufgefrischt, es hat angefangen zu regnen und Klaas fürchtet, sie könnten vom Kurs abkommen –, hört Arend ihn verärgert an.

»Welt, Welt, Welt«, murrt er und dreht sich auf die andere Seite, um sich seinen von Gott gesandten Prophetenträumen hinzugeben.

***

Die tief hängenden Wolken verheißen noch mehr Regen. Ab und zu fährt der Wind in die Masten und bringt das Schiff zum Knarren.

Kaum drei Stunden später steht Arend allein an Deck und starrt auf das in sich zusammenstürzende Himmelszelt. In der kurzen Zeitspanne, in der er geschlafen hat, ist ihm kein einziger Traum zuteil geworden. Kein Zeichen, keine Vision; der Herr scheint sich von ihm abgewandt zu haben. Wohl um ihn auf die Probe zu stellen, wie er es mit all Seinen Knechten tut.

Er schlurft zum Vorderdeck und setzt sich auf die Luke eines der Laderäume. Er ist zu unruhig, um richtig nachdenken zu können. Vielleicht sollte er doch zurückgehen und versuchen, noch ein wenig zu schlafen, wie die anderen vorne. Wie sein Bruder Dirk, mit dem er die Schifferkajüte teilt. Gerade wälzte Dirk sich noch zähneknirschend in der Koje herum, das Gesicht einem verlockenden Traum zugewandt.

Er steht auf, atmet tief ein und verschränkt die Hände hinter dem Kopf. Die Stille schnürt ihm die Kehle zu. Er will die Beklemmung abschütteln, die Stille aufreißen, und zitternd vor Erregung stürzt er an die Reling. Drei Mal schreit er zum Himmel hinauf, jedes Mal wird sein Schrei vom Wind verschluckt und von den Wellen erstickt. Da dringt ihm plötzlich das Heer der Teufel wieder ins Bewusstsein; er spürt, dass sie ihn in seiner Panik, seiner Verzweiflung beobachten. Schon kommen sie näher. In breiten nebligen Schwaden kreisen sie die *Noordster* ein.

Fort von hier! Diesmal kann er sich nicht verteidigen.

Rasch geht er zum Vorderdeck und steigt hinunter. Die Luke des Niedergangs lässt er mit einem Schlag hinter sich zufallen.

Einige Männer wachen von seinem Gepolter auf. Sie stecken die verschlafenen Köpfe aus den Kojen und erschrecken über seinen Anblick. Mit wildem Blick starrt er sie an. »Was ist los?«, fragen sie, doch Arend antwortet nicht. Reglos steht er neben der Treppe.

Bald sind alle wach und klettern aus ihren Kojen. Betroffen von Arends Erscheinung, umringen sie ihn und warten. Jetzt muss er sprechen.
Langsam kommen die Worte. Der Geist regt sich, Arend kann wieder klar denken, er bekommt wieder Luft.
»Es steht auf Messers Schneide, Männer. Es wird Ernst.«
»Wieso, Arend?«
»Der Böse hat es auf uns abgesehen. Er ist mit seinem Heer von Teufeln schon ganz in der Nähe. Sie wollen das Schiff übernehmen, das ist es, was sie wollen.«
»Das Schiff übernehmen?«
Arend beobachtet ihre Angst. »Ja, das wollen sie. Der Teufel wittert noch eine Chance. Er weiß, dass er erst dann in den Pfuhl von Feuer und Schwefel geworfen wird, wenn die letzten Auserwählten im neuen Jerusalem versammelt sind. Folglich will er das Schiff übernehmen. Er will dafür sorgen, dass wir nie dort ankommen.«
Er zieht ein Taschentuch aus der Hosentasche, wischt sich Mund und Stirn und geht rastlos auf und ab. »Übrigens sind schon ein paar von ihnen an Bord.«
Sie erschrecken. »Was? Hast du sie gesehen?«
»Ich weiß, dass sie da sind.«
»Aber was können wir gegen sie tun? Was sollen wir machen?«
Sie sehen, wie Arend den Kopf hebt und der Stimme des Herrn lauscht. Mit hastigen Schritten geht er umher, während ihm ein großartiger Plan dargelegt wird.
»Wir müssen das Schiff reinigen«, sagt er entschieden. »Von allen Teufeln reinigen und dafür sorgen, dass sie sich nirgends in, auf oder unter etwas verstecken können.

Das müssen wir tun, das ist es, was der Herr uns befiehlt.«
»Aber wie denn? Wie sollen wir das denn machen?«, fragt der Schiffer.
»Alles muss über Bord. Alles und jedes, Segel und alles, es muss alles ins Meer.«
»Aber wenn wir das tun, dann kommen wir doch nicht mehr voran!«, jammert Piet van der Marel. »Dann treiben wir in alle Richtungen und es kann Monate dauern, bis wir in Jerusalem sind!«
»Ja, und was, wenn ein Sturm aufkommt?«, wendet Hans Vooijs ein. »Es braucht nur ein bisschen zu wehen, und wir sind verloren.«
»Verloren?«, schnaubt Arend. »Glaubst du das? Glaubst du wirklich, der Herr überlässt uns unserem Schicksal? Sind wir etwa nicht freigekauft worden durch das teure Blut, das uns von aller Sünde rein macht? Die Tore von Jerusalem werden erst geschlossen, wenn wir darinnen sind. Bis dahin haben wir uns Seinem Willen zu unterwerfen, haben zu tun, was Er von uns verlangt, auf dass die Schrift erfüllt werde.«
Sie fürchten sich vor seinem flammenden Blick, fürchten sich vor dem Heer der Teufel, die drauf und dran sind, das Schiff anzugreifen.
»Alle nach oben«, kommandiert Arend, und damit ist die Diskussion beendet.
Sie folgen ihm an Deck. Um ihre Angst zu überwinden und sich die Teufel vom Leib zu halten, stimmen sie aus voller Brust einen Psalm an: »Ich heb mein Augen sehnlich auf und seh die Berge hoch hinauf, wann mir mein

Gott vom Himmelsthron mit seiner Hilf zustatten komm.« Scheue Blicke um sich werfend, suchen sie alles Werkzeug an Bord zusammen und machen sich an die Arbeit.

Mit dem Abtakeln des Loggers sind sie bis in den Nachmittag hinein beschäftigt. Anfangs verrichten sie ihre Arbeit widerwillig; nach und nach aber, die teuflische Gefahr im Nacken und von Arend angefeuert, kommen sie doch ins Schwitzen.

Das Erste, das über Bord geht, ist die Fleet, die sie fieren, ohne die Segel zu streichen. Mit unglaublicher Geschwindigkeit knüpfen sie alle Netze, Brails und schottischen Blasen am Reep fest, und als die ganze kilometerlange Fleet im Wasser liegt, kappen sie sie unter dem Singen von Lobliedern auf den Allerhöchsten vom Schiff. Dann nehmen sie Äxte, Disseln und Hämmer und machen sich wie die Wahnsinnigen über den Eingang zu beiden Logis her. Sie reißen Bretter, Trennwände, Rollen und Luken heraus und steigen in die Logis hinunter, um aus den Kojen und Schränken, ja selbst aus dem Tisch im Logis achtern Kleinholz zu machen. Auf Arends Befehl tragen sie alle Lebensmittel und sämtliches Geschirr aus der Kombüse, alle Decken, Matratzen, Kleidungsstücke und Kisten mit Schiffszwieback zusammen und werfen sie mitsamt den Reservesegeln, den Lenzpumpen und dem Rettungsboot über Bord. Auch der Dampfspill muss dran glauben. Sie stemmen das mit Holz verkleidete Gerüst vom Spill los und schleppen es zur Reling, geben die bleischwere Maschine den Wellen preis.

Aber noch ist es nicht genug.

Arend ruft Klaas van Beelen zu sich und zeigt auf die Masten, den Klüverbaum, die Takelage. Klaas klettert in den großen Mast und treibt seine Axt in die Gaffel, in alles stehende und laufende Gut und in die Segel. Und während Klaas sich im Mast zu schaffen macht, müssen die anderen unter ihm hin- und herlaufen, immer hinter Arend her. Sie können von Glück reden, dass sie nicht von den fallenden Teilen getroffen werden. Sie dürfen nicht nach oben, Klaas nicht zu ihnen hinuntersehen. So übt Arend sie im Glauben und demonstriert ihnen nochmals seine übernatürlichen Kräfte. Denn, sagt er, nichts von dem, was Klaas hinunterwirft, kann sie treffen.
»Wir sind wie die Jünglinge im Feuerofen«, jubelt er. »Wie Sadrach, Mesach und Abed-Nego, die mitten durchs Feuer gingen, ohne von den Flammen verzehrt zu werden. Auch uns wird kein Haar gekrümmt, solange ich euch anführe.«
Sie stehen Todesängste aus, aber als Klaas das Schiff nach Arends Ermessen genug abgetakelt hat, sind sie begeistert und voller Ehrfurcht vor Arends unerhörten Fähigkeiten.
Am späten Nachmittag ist die Verheerung gewaltig. Die Männer legen ihre Werkzeuge hin und verschnaufen auf dem Achterdeck. Eine schwache Brise trocknet ihre verschwitzten Kleider und Körper. Der Logger hat sich in ein steuerloses, den Launen des Windes preisgegebenes Wrack verwandelt, außer Stande, einem Wetterumschwung zu trotzen.
Sie blicken auf Arend, der nach vorne gegangen ist. Ab und zu schlägt er die Arme um sich und ein Zucken geht

durch seinen Körper, als friere er. Die Luft ist grau und voller Unheil. Sie warten.
Arend horcht, und wieder hört er über dem Meeresrauschen das Stimmengewirr der Teufel. Er hatte erwartet, dass der Lärm der Abtakelung sie verjagen würde, aber nun merkt er, dass ihr Heer in den vergangenen Stunden zu einer gewaltigen Streitmacht angewachsen ist. Er hat den Zorn des Satans erregt, und auf dessen Befehl sammeln sich jetzt alle Teufel aus den entlegensten Winkeln der Erde, um das Schiff einzukreisen. Nicht lange mehr, und das Heer ist vollzählig, zur entscheidenden Schlacht bereit. Bibelsprüche vor sich hin murmelnd, erfleht er die Hilfe des Allerhöchsten. Immer noch spürt er in sich Gottes gewaltige Kraft, ist sich aber auf einmal nicht mehr so sicher, dass alles ein gutes Ende nehmen wird. Gottes Wege sind unergründlich. In der Offenbarung steht nichts von einem Schiff, fällt ihm plötzlich ein. Er hat Angst vor dem Augenblick, da der Kampf ausbrechen wird, Angst, dass der Herr mit versengendem Feuer kommen und mit dem Dämonenheer zugleich die *Noordster* mitsamt ihrer ganzen Besatzung vernichten wird.
Er ballt die Fäuste, fieberhaft inspiziert er das Deck. Das Schiff ist gereinigt, kein Teufel kann sich mehr an irgendetwas festhalten oder hinter etwas verstecken. Nur die Masten und die Reling stehen noch, sieht er. Dann aber stellt er sich vor, wie sich die Teufel an der Reling hochziehen und an Bord klettern.
Sie haben keine Zeit zu verlieren. Sofort richtet er das Wort an die arglos Dasitzenden: »Auf, wir sind noch nicht fertig! Die Reling noch! Alles weghacken! Weg damit!«

Ergeben setzt sich die Besatzung in Bewegung, um auch diesen Befehl auszuführen, doch da springt Hans Vooijs überraschend auf.
»Wartet«, ruft er angsterfüllt. »Können wir die nicht stehen lassen?«
»Nein, auch sie muss weg. Alles muss weg. Los!«
»Aber wenn ein Sturm k-kommt oder wenn es zu r-regnen anfängt, gehen wir alle über Bord«, stottert er.
»Abhacken den ganzen Plunder. Tut, was ich sage.«
Hans hat Angst. Schon hört er, wie der Wind auffrischt, und sieht, wie die *Noordster* im Sturm stampft und schlingert.
Hans kann nicht schwimmen. Als kleiner Junge ist er einmal beim Versuch, den großen Entwässerungskanal zu überqueren, fast ertrunken, seitdem hat er Angst vorm Meer. Er sieht sich noch zappeln: Zehn Jahre ist er alt und sein Bruder Piet steht am anderen Ufer und feuert ihn spöttisch an: »Schwimm, du lahme Ente!« Doch das Ufer ist noch weit, zu weit. Das schaffe ich nicht, durchzuckt es ihn plötzlich; in blinder Panik schlägt er um sich, um über Wasser zu bleiben. Es gelingt ihm nicht, der durch den Kanal ins Meer strömende Fluss zieht immer stärker an seinen Beinen, öffnet sich, als seine Kräfte ihn im Stich lassen, und verschluckt ihn, erstickt ihn, füllt ihm Mund und Lungen mit ewiger Finsternis. Als er kurz darauf die Augen aufschlägt, liegt er im Sand und kotzt den Tod aus. Er ist noch einmal davongekommen.
Das Schanzkleid der *Noordster* ist das Einzige, das ihn vom sicheren Tod trennt. Schaudernd drängt er: »Es ist viel zu gefährlich, Arend.«

Zögernd lassen die anderen die Äxte, Disseln und Hämmer sinken. Gereizt mustert Arend ihn. »Glaubst du, der Herr würde erlauben, dass uns etwas zustößt?«, schreit er sowohl Hans als auch den Dämonen zu. »Gebietet er etwa nicht dem Wind und den Wellen? Wo ist dein Glaube, Mann?«

Betreten senkt Hans den Blick.

»Nun lass ihn doch, er meint es nicht so«, sagt Schiffer Kromhout beschwichtigend, aber Arend beachtet ihn nicht, das Schweigen seines in Verwirrung geratenen Anhängers macht ihn rasend. Drohend geht er auf Hans zu. »Willst du mich etwa daran hindern? Du?«

»Nein, o nein«, beeilt Hans sich zu sagen. »Ich dachte nur …« Hilflos zuckt er mit den Achseln.

Arend beugt sich so tief zu Hans hinunter, dass ihre Gesichter sich fast berühren. »Glaubst du eigentlich an mich?«, fährt er ihn an. »Glaubst du, dass ich die Worte des Lebendigen Gottes spreche?«

»Ja, ja, das glaube ich. Bestimmt!«

»Und wenn ich sage, dass dir nichts Böses geschehen kann, glaubst du mir dann auch?«

»Gewiss glaube ich das.«

Arend tritt einen Schritt zurück. Triumphierend sieht er zu den aufgetürmten Wolken hinauf. Das Heer der Dämonen herausfordernd, streckt er die Hand aus. »Nun, wenn dem so ist, befehle ich dir, jetzt ins Meer zu springen.«

Hans wird blass. »Aber … ich kann doch nicht schwimmen«, stammelt er. »Keinen Meter.«

»Das macht nichts. Dir kann nichts passieren, sag ich dir. Los, jetzt kannst du beweisen, dass du glaubst. Zeige mir, dass du Gottes großes Werk nicht behindern willst.« Arends Stimme schallt über das Wasser, steigt an den dampfenden Wänden des Himmels hoch, hinter denen das Heer der Dämonen auf ihn lauert. »Wir sind zu allem bereit, denn wir tragen Gottes Harnisch!«

Mit Grausen sieht Hans auf die tobende, saugende, von weißen Schaumkämmen bedeckte Meeresfläche.

»Ich kann nicht«, wimmert er.

»Dummes Zeug«, schnauzt Arend. »Wenn du Gott wirklich vertraust, springst du jetzt ins Meer. Die anderen würden es sofort machen«, sagt er zu ihnen gewandt. »Habe ich euch vorhin nicht unversehrt unter dem Mast hindurchlaufen lassen? Ist auch nur einer von einem Klotz, einer Gaffel oder einem Giekbaum getroffen worden?«

Hans reagiert nicht, starrt nur mit angsterfüllten Augen ins Wasser. Wütend packt Arend ihn an den Schultern und schüttelt ihn.

»Heraus mit der Sprache! Warum widersetzt du dich? Warum tust du nicht, was ich dir sage?« Er hebt den Kopf und wendet sich nun direkt an die Wolken: »Bist du's wieder? Meinst du, du kannst sie gegen mich aufhetzen – Satanas?!«

Hans krümmt sich, als Arend ihn loslässt. Die anderen sehen, wie sich sein Gesicht verzerrt, sie hören ihn keuchen und ächzen, als hätten Arends entlarvende Worte ihn in Brand gesteckt.

Wieder verwandelt einer ihrer Kameraden sich vor ihren Augen in einen Furcht einflößenden Dämon. Hans bringt kein Wort mehr heraus, schüttelt nur heftig den Kopf, als

Arend gebieterisch aufs Meer zeigt, und sieht in panischer Angst um sich.

Dann ergreift er die Flucht. Über die geöffneten Luken des Laderaums springend, flieht er nach achtern.

»Da seht ihr's ja, dacht ich mir's doch!«, ruft Arend aus. »Ihm nach! Schnell!«

Voller Wut über Hans' Untreue und entschlossen, dem lauernden Satansheer seine Kampflust zu zeigen, greift Arend nach einer Axt und rennt zum Logis des Schiffers. Die anderen eilen ihm nach, schon hören sie Hans schreien.

Mit einem Satz ist Arend unten. Als Hans ihn kommen sieht, verkriecht er sich in eine Ecke und hebt die Arme schützend über den Kopf. »Tu's nicht, tu's nicht!«, winselt er, aber Arend zieht ihn hoch und drückt ihn an die Wand; dann holt er aus. Hans brüllt vor Schmerz auf, doch schon schlägt Arend nochmals zu und treibt ihm die Axt in den Schädel.

Hans' Schrei bricht jäh ab; die Augen quellen ihm aus dem Kopf, ungläubig scheint sein Blick sich an Arend zu klammern. Langsam sackt er in sich zusammen und sinkt zur Seite. Noch ein paar Zuckungen, dann bleibt er reglos liegen.

Arend beugt sich über ihn und stößt ihn an, um sich zu vergewissern, dass er wirklich tot ist. Dann richtet er sich auf und wirft vernichtende Blicke um sich. »Verschwinde mit all deinen Teufeln!«, ruft er dem Satan, der ins Logis eingedrungen ist und über ihren Köpfen schwebt, mit gellender Stimme zu. »Ich werde dir den Kopf zertreten, wenn du es wagst, uns anzugreifen, ich zermalme dich mit dem heiligen Zorn, der in mir ist! Brennen wirst du, hörst du mich? Brennen im unauslöschlichen Feuer von Ewigkeit zu Ewigkeit!«

Sein Kreischen geht in unverständliches Toben über. Er redet wieder in anderen Zungen, laut schallt seine kräftige Stimme über das Schiff, während der Geist ihn bei seiner Verfolgung des Satans durch das ganze Mannschaftslogis treibt.

Als sich der Sturm seiner Raserei legt, hat das Heer der Dämonen die Flucht ergriffen. Arend zittert noch am ganzen Körper, Tränen der Dankbarkeit stehen in seinen Augen. Erleichtert lässt er sich auf die Knie nieder und versinkt in ein stilles Gebet; ehrfürchtig sehen die anderen zu.

Dann steht er auf. Müde zeigt er auf den Toten hinter sich. »Schafft ihn fort. Werft den Teufel über Bord«, sagt er gleichgültig.

Er zieht die Nase hoch, räuspert sich laut und spuckt aus. Ungerührt sieht er zu, wie sein Bruder Dirk und Leen Guyt je ein Bein packen, den Körper zur Treppe schleppen und kopfunter an Deck zerren. Bei jedem Schritt schlägt der zerschmetterte Schädel auf die Stufen auf, eine Spur von Blut hinter sich herziehend.

Als sie sich wenig später der Leiche entledigt haben, nehmen sie schweigend die Arbeit wieder auf. In Arend lodert das göttliche Feuer wieder in aller Heftigkeit, doch diesmal vermag es sie nicht anzustecken. Lethargisch tun sie, was von ihnen verlangt wird. Gottes Wille geschehe. Unerforschlich, entsetzlich unerforschlich sind Seine Wege.

***

Es ist Nacht und Arend hat sie allein gelassen. »Legt euch ruhig schlafen«, hat er gesagt, und sie haben sich gehorsam auf den harten Brettern zwischen den Skeletten der Kojen ausgestreckt. Über dem zerschlagenen Oberlicht quält sich der sternlose Himmel. Der Wind bläst herein.
Sie sprechen nicht viel. Klaas van Beelen und die beiden Jüngsten sind eingenickt; Leen Guyt, Cor Kloos, Piet van der Marel und Jacob Hoek starren vor sich hin. Das Meer wiegt den hilflosen Kutter, der vergeblich auf die starke Strömung wartet, die die Besatzung ins ferne Jerusalem bringen soll. Denn der Wind bläst, wo er will, und das Meer spielt mit ihrer Geduld. Sie schaukeln über versunkenen Welten. Viele Länder sind von der Erde gefegt und vom Wasser überflutet worden, hat Arend gesagt. Das Meer hat sich einen Weg durch die Mitte Europas gebahnt, einen Weg ins Gelobte Land, bis zum Lande am Jordan. Wo sie sich jetzt befinden, weiß keiner, aber so ganz ohne Segel und Takelage scheint Jerusalem weiter entfernt denn je. Das Heer der Dämonen wird sich indessen neu aufgestellt haben und bereits den nächsten Angriff planen. Drei Kameraden sind der teuflischen Gewalt schon zum Opfer gefallen – wie viele werden ihnen noch folgen, bis sie die Gottesstadt erreicht haben? Wer außer Arend ist imstande, dem Satan zu widerstehen? Selbst Hans Vooijs, der doch einer von Arends treuesten Anhängern und ein Gotteskind war – das hat Arend selbst gesagt –, konnte sich gegen die teuflischen Versuchungen und Anfechtungen nicht wehren. Sie haben mit angesehen, wie der Satan in ihm wütete. Und nun ist auch er in den Wogen verschwunden.

Wo mag er jetzt sein? Was ist ihm zuteil geworden – der Himmel oder die Hölle? Jacob Hoek, der jetzt auch am Schicksal seines Onkels Willem zweifelt, spricht die Frage laut aus.

»Was meint ihr, ob es Hans gut geht? Ist er schon verwandelt worden?«

»Wenn er auserwählt ist, schon. Dann ist er wohl plötzlich, in einem Augenblick, nach Jerusalem gebracht worden«, meint der Schiffer.

»›Und das Meer gab die Toten, die darin waren‹, steht geschrieben. Auch Hans wird gerichtet werden«, sagt Leen Guyt.

»Aber das Jüngste Gericht war doch schon! Die Auferstehung des Fleisches ist doch vorbei?«

Das stimmt. Daran hatten sie nicht gedacht.

»Ach, bei Gott sind alle Dinge möglich«, tröstet Schiffer Kromhout. »Wenn Hans wirklich ein Gotteskind war, dann ist der Herr seiner Seele gnädig. Dann hat er jetzt einen himmlischen Leib und stimmt ein in den Jubel vor Gottes Thron.«

Bei diesen beruhigenden Worten versöhnen sie sich wieder mit ihrem verzweifelten Zustand. Von neuem verlieren sie sich in Fantasien über ihr leuchtendes Ziel.

Bis Klaas van Beelen hochfährt und sich aufrichtet. Aufgeregt zeigt er auf das Loch an der Stelle, wo vordem das Oberlicht war, und durch das man jetzt den aufgewühlten Himmel sieht.

»Ich hab ihn gesehen! Da! Da war er wieder!«

Sie sehen nur, wie schwarze Wolken dem bereits vorübergezogenen Mond nachjagen.

»Wer denn, Klaas? Hast du Hans gesehen?«
»Nein, Petrus! Den Apostel. Ich sah ihn, er stand da und sah uns an. Ich hab ihn wirklich gesehen! Er winkte mir, genau wie letztes Mal. Und dann war er auf einmal wieder verschwunden.«
Auch die beiden Jüngsten werden wach. Alle blicken hoffnungsvoll zum Himmel, zu den dahinjagenden Wolken auf, doch Jesu Jünger zeigt sich nicht zum zweiten Mal.
Sie geben es auf, lauschen stattdessen Klaas' leidenschaftlicher Beschreibung von Petrus' äußerer Erscheinung: Wie schmal und friedlich sein Gesicht war, wie weise und freundlich seine Augen, wie lang sein schneeweißes Haar und sein Bart; wie sein weißes Gewand ihn umwehte, wie anmutig er ihm zuwinkte und wie schnell er wieder verschwand. Sie überlegen kurz, ob sie Arend wecken und ihm von der Erscheinung erzählen sollen, beschließen aber, damit lieber bis zum nächsten Morgen zu warten.
Froh, auf den glücklichen Ausgang vertrauend, legen sie sich auf den harten Brettern in dem Tohuwabohu zur Ruhe. Buchstäblich »von Kephas gesehen«, meint Leen Guyt. Es muss ein Zeichen des Himmels sein, dass ihre Erlösung naht und der kämpferischste aller Apostel künftighin über sie wacht.
Sie schlafen unruhig und träumen wirr. Immer wieder weckt sie der Schmerz in ihren verkrampften Gliedern, ein Geräusch oder eine heftige Schlingerbewegung des Schiffs, doch ebenso oft nicken sie wieder ein, so müde sind sie vom Abtakeln und dem tagelangen Schwanken zwischen Euphorie und Angst.

Bei jedem Erwachen ist die Nacht etwas weiter vorgerückt. Stunde um Stunde verstreicht und es wird hell. Grau und neblig ist der Morgen.

***

Sie hören ein durchdringendes Geräusch. Einen jauchzenden Ton, der sie unsanft aus dem Schlaf reißt. Sie strecken die steifen Glieder und rappeln sich auf. Wieder hören sie es: den langen Pfiff einer Dampfpfeife.

Erwartungsvoll rennen sie zur Treppe. Als sie an Deck kommen, erblicken sie das Wunder: Ein großer Frachter bewegt sich mit rauchenden Schornsteinen auf sie zu.

»Ein Schiff!«

Sie winken und rufen aus Leibeskräften. Als sie sehen, dass auf dem Frachter ebenfalls gewinkt wird, packen sie einander an den Schultern und vollführen einen Freudentanz. Die meisten können ihre Tränen nicht bezwingen. Also ist es doch noch gekommen, Arends Schiff. Sie sind gerettet. Sie hören das Stampfen der kräftigen Maschinen. Nun werden sie im Handumdrehen in Jerusalem sein.

Auch Arend und sein Bruder Dirk kommen an Deck. Die Männer rufen ihnen zu, sie seien gerettet. Die beiden Brüder stellen sich zu ihnen und spähen nach dem Frachter. Still, ohne Anzeichen von Staunen oder Freude, steht Arend am Rand des Decks. Pechschwarz ist das Schiff, nicht weiß wie in seinen Träumen. Und keine Fregatte. Aber Leen Guyt befreit ihn von seinen Zweifeln, indem er laut den Namen auf dem Bug liest: »*Jonas Rein*. So heißt es, Arend. Siehst du?«

Rein ist das Schiff und selig Jonas, der Prophet. Arends Weissagung hat sich erfüllt.

Die Besatzung des Schiffs – es ist ein norwegischer Frachter – lässt ein Boot herunter, in dem zwei Männer Platz genommen haben. Mit kräftigen Ruderschlägen nähern sie sich der *Noordster*.
Als das Boot längsseits liegt, klettern sie an Bord und schauen mit besorgtem Blick um sich. Überzeugt, dass sich auf dem übel zugerichteten Kutter eine furchtbare Katastrophe zugetragen hat, fragen sie auf Englisch und Norwegisch: »*What happened here? Hva har hendt?*«
Laut und hektisch gestikulierend versuchen die Besatzungsmitglieder der *Noordster* ihnen deutlich zu machen, was sich in den vergangenen Tagen an Bord ereignet hat. Sie schreien wild durcheinander, ahmen Teufel nach, rollen mit den Augen, fauchen wie Katzen. Sie rennen über das Deck, hacken in der Luft herum, stoßen Grauen erregende Schreie aus. »Teufel! *You know? Devils*!« Doch die beiden Norweger – ein Matrose und der Erste Steuermann – verstehen kein Wort von dem, was ihnen da zugeschrien wird. Nur eins ist ihnen klar: Etwas Furchtbares muss passiert sein.
»*You come with us.*«
Die Norweger zeigen auf das Boot, dann auf den Frachter. Sie halten ihnen die Hand mit gespreizten Fingern hin: Fünf Männer können als Erste mit. »*Then we come back*«, sagen sie und verdeutlichen mit einer weit ausholenden Gebärde die Entfernung zwischen dem Frachtschiff und dem Logger. »*Then we come back for the others.*«

»Erst nehmen sie fünf von uns mit«, erklärt Schiffer Kromhout. »Wer will jetzt und wer später?« Gespannt sieht er Arend an, der ihm bedächtig zunickt. Dies ist Gottes unabänderlicher Wille. Er kann nicht anders als gehorchen.

Die Ersten, die hinübergerudert werden, sind Arend und sein Bruder Dirk, Piet van der Marel, Cor Kloos und sein Sohn Jan. Hierauf wenden die beiden Norweger das Boot und rudern mit einer Trosse zurück, die an der Klüse vorn befestigt wird, so dass die *Noordster* geschleppt werden kann.

Als die ganze Besatzung an Deck des norwegischen Frachters gehievt ist, tut auch der Kapitän sein Möglichstes, herauszubekommen, was denn nun die Ursache der schrecklichen Verwüstung auf der *Noordster* gewesen sein mag, aber wie sein Erster Steuermann wird er aus dem Spektakel nicht klug. Teufel, *devils*, ist das Einzige, was er versteht. Und immer wieder zeigen sie auf den großen Mann mit der Glatze, der sich abseits hält, rufen etwas wie Gott und Christus und heben die Hände gen Himmel.

»Jerusalem? Nach Jerusalem, *yes?*«, fragen sie, worauf der Kapitän lächelt.

»*De tror vi skal til Palestina*, sie glauben, dass wir nach Palästina fahren«, sagt er zu seinen Matrosen. »*No, no, not Jerusalem. Boston! We sail to Boston. You understand?*«

Der Frachter ist auf dem Weg in die Neue Welt. Erstaunt fragen sie sich, ob sie den Kapitän richtig verstanden haben. »Jerusalem?«, wiederholen sie flehentlich.

In dem Augenblick öffnet sich eine Tür und eine junge

Frau erscheint an Deck. Eine junge blonde Frau, die ihnen freundlich zulächelt und sich neben den Kapitän stellt. Entgeistert starren die Männer die unerwartete, engelhafte Erscheinung an.
Die Frau faltet die Hände schützend vor der Brust und flüstert dem Kapitän etwas ins Ohr. Der schüttelt den Kopf und zeigt auf den ramponierten Logger.
Arend tritt ein paar Schritte vor und wendet sich an seine Kameraden. »Wir wollen dem Herrn für unsere Rettung danken«, sagt er in befehlendem Ton.
Obwohl sie noch völlig verwirrt sind von der Mitteilung, dass sie nicht nach Jerusalem fahren, sinken sie vor ihm auf die Knie und neigen den Kopf. Wie ein Hohepriester breitet Arend segnend die Arme aus und beginnt ein Dankgebet zu sprechen.
Die norwegische Besatzung verfolgt das Ganze mit Verwunderung. Das Gebet scheint kein Ende nehmen zu wollen. Der Kapitän und seine Frau drehen sich diskret um und entziehen sich dem frommen Schauspiel. Flüsternd beraten sie sich. Der Erste Steuermann stellt sich zu ihnen und sagt etwas. Der Kapitän zuckt die Achseln.
»Führe uns, wohin du willst, o barmherziger Gott. Siehe, wir warten an den Wassern.«
Ungläubig schüttelt die Frau ihr blondes Haar und tippt sich mit dem Finger an die Stirn.
»*Gæerninger.* Verrückte. Wenn ihr mich fragt, sind sie allesamt verrückt.«

III

Die erste Nachricht von der Tragödie auf See erreichte unser Dorf vier Tage, nachdem der norwegische Frachter den Logger entdeckt hatte. Zunächst wussten wir gar nicht, dass es sich um die *Noordster* der Reederei Dijkhuizen handelte, denn der *Rijnlandse Courant* berichtete an dem Tag nur, ein niederländisches Schiff, dessen Besatzung »durch Trinken den Verstand verloren« habe, sei hundertdreißig Meilen vor Scarborough in abgetakeltem Zustand angetroffen worden. Wir waren empört, dachten an Scheveninger, Noordwijker oder IJmuidener, bis der Name des Loggers am nächsten Tag bekannt gemacht wurde. Da erfuhren wir auch, dass es drei Tote gegeben hatte und dass nicht Alkohol, sondern religiöser Wahn die Besatzung zum Mord getrieben hatte.

Wir waren schockiert. Am folgenden Mittag gegen vier Uhr versammelte sich das halbe Dorf vor dem Rathaus, um die Anschläge an der Fassade zu studieren. Ich arbeitete zu der Zeit als Assistent des damaligen Gemeindesekretärs Huig Hogewoning und sah die Leute daher von meinem Büro im ersten Stock aus kopfschüttelnd und begierig zugleich die Berichte lesen, viele mit sensationslüsternen Augen.

In der ersten Zeit waren die Nachrichten spärlich und manchmal auch schlichtweg widersprüchlich. So schrieb der *Rijnlandse Courant* fünf Tage später, die Ursache des Dramas sei doch Alkohol gewesen. Die Besatzung habe

ein Fässchen »mit irgendeiner Flüssigkeit, Spiritus oder Ähnlichem, wahrscheinlich von einem torpedierten Schiff« gefunden und sich volllaufen lassen; danach seien die Männer »außer sich« geraten. Bereits zwei Tage später wurde diese Darstellung wieder dementiert.
Inzwischen waren die Namen der drei getöteten Besatzungsmitglieder bekannt gegeben worden. Pastor Waalkamp und Pastor Vught hatten die betroffenen Familien besucht. Aus den Fenstern der Trauerhäuser hingen weiße Leintücher.

Auch in England, insbesondere an der Ostküste, sorgte das abgetakelte Schiff mit der geistesgestörten Besatzung für große Aufregung. Schon am Tag, nachdem der Logger abgeschleppt worden war, berichteten die Zeitungen ausführlich über die Sache. Der Kapitän des norwegischen Frachters war mit seiner Last den Humber hinaufgedampft und hatte den Logger mitsamt Besatzung den englischen Autoritäten übergeben. Darauf hatte die englische Marine die *Noordster* in das Hafenstädtchen Grimsby gebracht, wo die Besatzung in einem leer stehenden Bürohaus hinter dem Alexandra-Dock bewacht wurde.
Einem Korrespondenten der *Hull Daily Mail* zufolge, dessen ausführlicher Artikel die Kriegsberichte jenes Tages von der Titelseite verdrängte, bot der Logger einen unbeschreiblichen Anblick. An Deck stehe außer den Masten nichts mehr. Die Holzverkleidung achtern im Logis sei mit Blut bespritzt, am Niedergang stehe eine Blutlache, in der Brocken von Schiffszwieback schwämmen. Der Gestank in den Räumen sei bestialisch. Man könne die

schrecklichen Ereignisse, die an Bord stattgefunden hatten, geradezu riechen.

Nach der Inspektion des Schiffes hatte der Journalist auch die Besatzungsmitglieder besucht. »Unter ihnen befindet sich ein besonders kräftiger Bursche, der seit Ankunft des Schiffes unzusammenhängendes Zeug schreit und wie wild mit den Armen fuchtelt«, schrieb er. »Er behauptet, Gott zu sein, und selbst der Schiffer, der wie die anderen geistig verwirrt ist, zeigt oftmals auf die Brust dieses Herakles und ruft: ›Gott!‹« Der Korrespondent meinte, aus dem, was die Besatzung einem zurufe, könne man unmöglich schlau werden. Seltsamerweise sprach auch er die Vermutung aus, Alkohol sei die Ursache dieser geistigen Verwirrung.

Die Autoritäten von Grimsby waren der Meinung, dass sie die Besatzung der niederländischen Justiz übergeben müssten, da die tragischen Ereignisse sich zwar in internationalen Gewässern, aber doch an Bord eines niederländischen Schiffes abgespielt hätten. Mittlerweile war der Vizekonsul in dem Hafenstädtchen angekommen und setzte alles daran, die Zeewijker so schnell wie möglich zu repatriieren. Solange blieben sie in dem Backsteingebäude am Hafen inhaftiert und verbrachten die meiste Zeit, so meldeten die englischen Zeitungen, mit Beten und dem Singen von Psalmen.

Zwei Wochen vergingen, bis die ersten fünf von ihnen – Piet van der Marel, Jacob Hoek, Leen Guyt und Dirk und Arend Falkenier – mit einem Dampfer in die Niederlande gebracht werden konnten. Der Kapitän hatte um einen

Wärter und einen Pfleger gebeten, doch das war ihm vom Vizekonsul abgeschlagen worden. Stattdessen bekam er Handschellen und einen Revolver mit. Da die Männer sich jedoch ruhig verhielten, durften sie sich, nachdem das Schiff den Hafen verlassen hatte, frei bewegen.
Während der Überfahrt ging Dirk Buys, der Kapitän, an Deck, um sich ein wenig mit Arend zu unterhalten. Er wollte von ihm erfahren, was sich in den vergangenen Wochen auf dem Logger abgespielt hatte, und Arend erstattete ihm ausführlichen Bericht mit allen blutigen Details, ohne auch nur einen Augenblick die Ruhe zu verlieren. Der Kapitän erinnerte sich später, dass mitten in Arends Bericht plötzlich die Sonne durch die Wolken brach, worauf Arend schwieg und die Hände freudig gen Himmel streckte. »Diese Kraft hat Gott mir geschenkt«, habe er gesagt. Doch als gegen Abend die holländische Küste in Sicht kam, sei er auf einmal ganz unsicher geworden.
»Mir wird so bang ums Herz«, habe er bekannt. »Aber ach, so ist der Mensch nun einmal.«
Das Schiff legte im Hafen von IJmuiden an. Die Polizei kam an Bord, verhaftete die Besatzung der *Noordster* und führte sie ab. Doch Arend wollte keine Fesseln. Gott habe ihn bereits gefesselt. Am Arm eines Polizisten schritt er erhobenen Hauptes über die Landungsbrücke.

Drei Tage später wurden die beiden Jüngsten, Keesje Imthorn und Jantje Kloos, in die Niederlande gebracht.
Die restlichen drei Besatzungsmitglieder – Schiffer Jaap Kromhout, sein Schwager Cor Kloos und Klass van Bee-

len – konnten durch ein für die englischen Häfen geltendes Auslaufverbot erst anderthalb Wochen später nachfolgen.
Die Besatzung wurde im Haager Untersuchungsgefängnis in Haft gehalten und dem Untersuchungsrichter vorgeführt. Dieser beauftragte zwei Ärzte, den Geisteszustand der Männer zu untersuchen und festzustellen, ob sie zur Zeit der Verbrechen zurechnungsfähig gewesen waren.
Arend musste bereits am Tag nach seiner Ankunft in eine Einzelzelle überführt werden. Er machte zu viel Lärm und war zu wild. Die Zelle, die er mit drei anderen teilte, war buchstäblich zu klein für ihn. Den Ärzten gegenüber wiederholte er mit viel Pathos, was er schon vor dem Untersuchungsrichter ausgesagt hatte. »Keine Spur von Zweifel am Ursprung der Wunder, die er geschaut oder gewirkt hat, lässt sich bei ihm feststellen. Die feste Überzeugung, dass er auf Gottes Befehl Teufel vernichtet habe, geht aus allem hervor, was er berichtet oder bestätigt. Jetzt ist Gott an allem Schuld.«
Jedes Mal, wenn er die Ereignisse auf See beschreiben musste, tat er es mit den gleichen Worten und Gebärden. Seine Briefe waren sachlich und deutlich formuliert; nur ein einziges Mal, in einem Brief an seine Frau, ließ er sich zu einem – schludrig geschriebenen – »Amen, Amen, ja Amen« unter seiner Unterschrift verleiten.
Auch die anderen Besatzungsmitglieder zweifelten anfangs nicht daran, dass sie wirklich Wunder erlebt, fürchterliche Teufel vernichtet, das neue Jerusalem geschaut und Geister auf den Masten und in den Segeln sitzen ge-

sehen hatten. Das schwere Buch hatte schräg auf dem Tisch gestanden und konnte nicht umgestoßen werden, der Schall der Posaune war wirklich erklungen. Arend war von dem Odem Christi erfüllt und hatte getan, was der Allerhöchste ihm auftrug. »Wie der Chor einer antiken Tragödie klang es, alle Aussagen waren einander völlig gleich«, schrieben die Ärzte.

Die Gefängnisleitung beschloss, die Männer zu trennen, um der geistigen Ansteckung ein Ende zu machen. Arend wurde nach Medemblik in eine Nervenheilanstalt überführt.

Diese Maßnahmen zeitigten sofort eine günstige Wirkung. Die Aufregung legte sich, die leidenschaftlichen Ausbrüche religiöser Ekstase blieben aus. Einer nach dem anderen kehrten sie aus der magischen Welt zurück, in der sie wochenlang gelebt hatten, und rieben sich erstaunt die Augen. Die Ärzte meinten, »eine Veränderung in ihrem Denken und mehr Einsicht in das Geschehene« feststellen zu können. Trotzdem blieben sämtliche Besatzungsmitglieder noch lange heilig davon überzeugt, dass Arend in Gottes Auftrag gehandelt hatte und dass die drei getöteten Kameraden wirklich vom Teufel besessen gewesen waren. Sie selbst hätten keine Wahl gehabt, sie hätten gehorchen müssen, sonst wäre ihnen die Verdammnis gewiss gewesen. Von Reue konnte auch bei ihnen keine Rede sein.

Es dauerte ungefähr vier Monate, bis ihnen erste Zweifel kamen. Von da an aber wirkten sie niedergeschlagen und zeigten von Zeit zu Zeit tiefes Mitgefühl mit den Familien der drei Getöteten. Und ihrer Rückkehr nach Zeewijk

sahen sie mit Schrecken entgegen. Die Leute dort würden sie für Mörder halten, niemand würde begreifen, was sie all die Wochen auf See mitgemacht hatten. Dennoch behaupteten sie weiterhin, sie hätten ein reines Gewissen und sie träfe keinerlei Schuld.
In dieser Periode der Niedergeschlagenheit müssen sie den Entschluss gefasst haben, niemals mit anderen über ihre Erfahrungen auf der *Noordster* zu reden, ein Entschluss, an dem sie bis auf den heutigen Tag festgehalten haben. Jetzt erst, vierunddreißig Jahre später, im Frühjahr 1949, haben fünf von ihnen ihr Schweigen gebrochen, und das nur auf Bürgermeister Bosvelds und mein nachhaltiges Drängen hin. Ihr Bericht darf jedoch nicht zu ihren Lebzeiten und auf keinen Fall vor Ablauf von fünfzig Jahren an die Öffentlichkeit gelangen. Letzteres hat der Bürgermeister ihnen letzte Woche noch zugesichert.

Auf Grund des ärztlichen Befunds wurden alle Besatzungsmitglieder im Dezember 1915 freigesprochen. Es galt als erwiesen, dass ihr Verstand zu dem Zeitpunkt ihrer Straftaten getrübt war. Induktionspsychose, »verstärkt durch angeborenen, lokalen Aberglauben auf religiösem Gebiet«, so lautete die Diagnose. Der Untersuchungsrichter war der Meinung, Arend sollte in der Nervenheilanstalt von Medemblik bleiben, während die anderen in Wendehart bei Rijngeest untergebracht würden, bis die Ärzte, nach Rücksprache mit dem Bürgermeister von Zeewijk, ihre Rückkehr ins Dorf für sinnvoll erachteten.

***

In Zeewijk – im Bericht der Ärzte »ein Dorf, dessen Bevölkerung hochgradig abergläubisch, wenig gebildet und ziemlich engstirnig ist« – war inzwischen manch einer in den Bann einer kollektiven Angst vor dem Teufel und seinen Kreaturen geraten. Eine Flut von Gerüchten, die ihren Ursprung in dem hatten, was die Schiffsleute ihren Verwandten erzählten, überschwemmte das Dorf. Auch die Endzeitpredigten von Pastor Waalkamp wurden von Woche zu Woche leidenschaftlicher und verfehlten ihre Wirkung nicht. Viele – besonders die Reformierten – trauten sich nachts nicht mehr auf die Straße und hielten aus Angst vor dem Teufel, der umhergeht »wie ein brüllender Löwe und sucht, welchen er verschlinge«, Türen, Fenster und Vorhänge geschlossen. Sie fürchteten, sie könnte das gleiche Los treffen wie die von Dämonen geplagte Besatzung der *Noordster*.

Pastor Waalkamp beschloss, die kollektive Angst auszunutzen und der Gottesfurcht ein wenig nachzuhelfen. Er schlug dem Kirchenvorstand vor, nach dem Beispiel der Pfarrer in der Veluwe oder in Zeeland an Wochentagen abends Bußgottesdienste abzuhalten. Davon bekam jedoch der damalige Bürgermeister Verheijen Wind. Er stapfte mit geschwollenem Kamm ins Pfarrhaus und las dem allzu frommen Hirten und Lehrer, der ihm schon seit Jahren ein Dorn im Auge war, tüchtig die Leviten. Ob der Pastor denn nicht begreife, dass er mit seinen Endzeitpredigten keine Gottesfurcht, sondern nur Hysterie entfache? Das Maß sei voll. Wenn er seinen Kopf durchsetze und Bußgottesdienste abhalte, dann werde er, Verheijen, einen freimütigen Brief an die evangelische Synode schreiben. Und

wenn auch das nichts fruchte – nun, dann gnade ihm Gott! –, dann werde er Hochwürden höchstpersönlich aus seinem schönen Pfarrhaus werfen und ihn ohne Pardon aus dem Dorf jagen.
Es stand außer Zweifel, dass der hitzköpfige Bürgermeister seine Drohungen ernst meinte, daher lenkte Pastor Waalkamp ein. Am folgenden Sonntag verkündete er von der Kanzel herab, der Herr habe ihm auf wunderbare Weise offenbart, dass die Heimat verschont bleiben werde. »Der Herr Zebaoth ist mit uns; der Gott Jakobs ist unser Schutz«, war sein Predigttext an diesem Morgen. Der Teufel habe bei näherer Betrachtung doch nicht freie Hand gehabt. Zwar gehe er noch stets umher wie ein brüllender Löwe, doch nur die Bekümmerten und das auserwählte Volk könne er verführen, und das auch nur, wenn Gott es zulasse. In dieser Hinsicht sei alles beim Alten geblieben. Eingedenk der Drohungen des Bürgermeisters las er aus dem sechsundvierzigsten Psalm: »Kommet her und schauet die Werke des HERRN, der auf Erden solch ein Zerstören anrichtet; der den Kriegen steuert in aller Welt, der Bogen zerbricht, Spieße zerschlägt und Wagen mit Feuer verbrennt.« Die Reformierten von Zeewijk atmeten erleichtert auf.

Das auserwählte Volk und die Bekümmerten hingegen waren von dieser plötzlichen Kehrtwendung des Pastors nicht besonders angetan. Die Gemeinschaft, die sich in der Milchbar an der Tramstraat traf und zu der Arend gehört hatte, blieb weiterhin davon überzeugt, dass der Jüngste Tag nahe bevorstand. Über ihren ehemaligen Seelenbruder sprachen sie nicht mehr. Das hatten sie in den ersten zwei, drei Versammlungen, nachdem die Nachricht vom Schicksal der *Noordster* sie erreicht hatte, ausführlich getan. Die Bestürzung darüber, dass ein dem Anschein nach festes Gotteskind dem Satan so leicht verfallen konnte, war groß. Daher kamen die vier Auserwählten der Gemeinschaft zu der Schlussfolgerung, dass Arend nicht der wahre, selig machende Glaube geschenkt worden war, denn sonst hätte Gott ihn bestimmt vor Totschlag bewahrt. Mit Gottes Hilfe hätte er dem Satan leicht widerstanden. Nein – nach den Früchten zu urteilen, war es bei Arend nicht mehr als ein Glaube auf Zeit gewesen. Gott hatte seinen Hochmut hart bestraft.

»Ihm fehlte doch wohl die wahre Demut des Herzens«, meinte Klaas Bent, der Arend noch kurz vor der Ausfahrt der *Noordster* so nachdrücklich versichert hatte, der Herr sei mit ihm. »Und nun ist er, um mit dem Apostel Petrus zu sprechen, wiedergekehrt wie ein Hund, der frisst, was er gespien hat, und wie die Sau, die sich wälzt im Kot.«

Sie dürften sich aber nicht über ihn erhaben fühlen, warnte Bram Oudshoorn, und daraufhin hatten sie noch für ihn gebetet. Neetje Ros hatte vorgeschlagen, ein paar von ihnen sollten Arend in der Anstalt besuchen, doch in den zehn Monaten seines Aufenthalts dort hatte keiner von ihnen den Mut dazu aufgebracht. Gottes Finger hatte eine deutliche Botschaft an die Wand geschrieben, Arend war gewogen und für zu leicht befunden worden. Und es war peinlich deutlich geworden – darauf machten andere Gottesfürchtige die vier Auserwählten mehrmals aufmerksam –, dass ihre Gabe der Glaubensprüfung nicht sonderlich groß war.

Wie die anderen Besatzungsmitglieder wurde auch Arend mit der Zeit immer niedergeschlagener. Erst verließ ihn der Odem Christi, dann auch der Heilige Geist. Von Zweifeln zerrissen, krümmte er sich zusammen und rang jammernd die Hände.

»Er hörte auf zu schreien und zu toben«, berichtete seine Mutter einem Journalisten des *Telegraaf*, »er fiel auf die Knie und betete. Es war im ganzen Gebäude zu hören! ›Erlöse uns vom Bösen‹, rief er und schlug sich an die Brust. ›O Mutter, Mutter‹, sagte er, ›ich weiß mir keinen Rat mehr. Ich muss es jetzt alles mit dem Herrn ausmachen.‹«

Die Krise, die im fünften Monat seines Aufenthalts in der Anstalt begann, dauerte ungefähr vier Wochen und war so schlimm, dass die Ärzte befürchteten, er würde sich das Leben nehmen. Doch in der vierten Woche wurde Arend eines Nachts offenbar aus dem Kampf entlassen. In einem Traum sprach Gottes Stimme wieder versöhnlich und tröstend zu ihm, und er kam wieder einigermaßen zu sich. Und auch Arend beschloss, es sei besser, nie mehr über die Ereignisse auf See zu sprechen.

Nachdem alle anderen Besatzungsmitglieder so weit wiederhergestellt waren, dass sie zu ihren Familien zurückkehren konnten, wurde Arend in der ersten Juniwoche des Jahres 1916 in die Anstalt Wendehart bei Rijngeest überführt. Einen Monat später wurde auch er entlassen.

Vierunddreißig Jahre später lastet der Fluch des Irrenloggers immer noch auf den Familien der Überlebenden. Nach ihrer Rückkehr nach Zeewijk haben sie es nicht leicht gehabt. Die Leute verfolgten sie mit Spott und Hohn, ihren Kindern rief man Schimpfwörter hinterher, ihre Frauen würdigte man keines Blickes. Der Väter Missetat wird sie, fürchte ich, bis ins dritte und vierte Glied heimsuchen.

Die meisten Besatzungsmitglieder fuhren schließlich wieder zur See, aber keiner von ihnen konnte jemals wieder auf einem Zeewijker Fischereischiff anmustern. Drei von ihnen beschlossen, nur noch an Land Arbeit zu suchen. Bis auf Schiffer Kromhout, der vor zwei Jahren auf dem Wassenaarseweg tödlich verunglückte, sind alle Besatzungsmitglieder noch am Leben.

Arend ist aus verständlichen Gründen nie mehr nach Zeewijk zurückgekehrt. Seit seiner Entlassung aus Wendehart im Juli 1916 wohnt er in Voorschoten, wo er erst bei einem Bauern und dann als Steinsetzer arbeitete. Äußerst selten lässt er sich in Zeewijk blicken, und dann auch nur nach Einbruch der Dunkelheit. Die Leute haben Angst vor ihm, obwohl er zugleich eine unverkennbare Faszination auf sie ausübt. Als sein Bruder vor einigen Jahren starb und es sich herumsprach, dass Arend der Beerdigung beiwohnen würde, war das ganze Dorf auf den Beinen, nur um einen Blick auf ihn zu erhaschen. Auf dem Friedhof herrschte ein großes Gedränge.

Viele Geschichten über ihn machen die Runde. Ab und zu scheint die Vergangenheit schwer auf ihm zu lasten und er versinkt in Trübsinn und Ratlosigkeit. Dann umarmt er die Buchen im Panwäldchen hinter seinem Haus und schreit, er sei ein armer Sünder. Der Tod seines Sohnes, der vor etwa zehn Jahren beim Schlittschuhlaufen auf dem Eis einbrach und ertrank, zerrüttete ihn noch mehr. Während der Trauerfeierlichkeit in der Aula soll er sich auf den Sarg gestürzt, wie ein Besessener am Deckel gerüttelt und »steh auf! steh auf!« geschrien haben. Das wird zumindest behauptet.

Jeden Sonntagmorgen und -nachmittag legt er den langen Weg von Voorschoten in irgendein abgelegenes Viertel der Stadt zu Fuß zurück, um in einer kleinen, sehr frommen Gemeinde zur Kirche zu gehen. Er brüstet sich nicht mehr damit, auserwählt und im Besitz der göttlichen Gnade zu sein; vielmehr geht er durch die Straßen, wie er es als Kind getan hat: vornübergebeugt, als wolle er sich schon im Voraus für seine Vergangenheit entschuldigen.

Die *ZW 171 Noordster* schließlich hat ein trauriges Schicksal ereilt. In der letzten Oktoberwoche des Jahres 1915 wurde sie nach Holland geschleppt, doch kein Zeewijker wollte mehr auf ihr anheuern. So wurde sie an eine Reederei aus IJmuiden verkauft, für die sie unter dem Namen *IJM 251 Centrum* fuhr.

Keine zwei Jahre später lief das Schiff auf eine Mine. Alle Besatzungsmitglieder kamen ums Leben.

***

Drei Jahre nach unserer flüchtigen Begegnung draußen auf dem Flickfeld sprach ich Arend noch ein zweites Mal. Es war Ende Juni 1916, anderthalb Wochen vor seiner Entlassung aus der Anstalt Wendehart.

An diesem Vormittag sah ich von meinem Arbeitszimmer aus, wie mein Vater das Rathaus betrat. Ich ging zu ihm. Er war auf der Suche nach Bürgermeister Verheijen, doch der war bereits nach Voorschoten aufgebrochen, wo er am Nachmittag mit dem dortigen Bürgermeister und meinem Vater, dem Polizeirat, verabredet war, um ein Gespräch mit Arend zu führen, den die Ärzte vor kurzem für hinreichend geheilt erklärt hatten. Da Arends Rückkehr nach Zeewijk völlig ausgeschlossen war, sollte Bürgermeister Verheijen gemäß den Anordnungen des Untersuchungsrichters eine diesbezügliche Erklärung unterschreiben und seinem Amtsgenossen C. H. Dircx, der Arend unterdessen eine Wohnung und eine Stelle in Voorschoten besorgt hatte, offiziell die Verantwortung für ihn übertragen.

»Soll ich mitkommen?«, fragte ich. Da Hogewoning, der Gemeindesekretär, wieder einmal nicht da war, war ich der Meinung, ich könnte mir ruhig ein paar Stunden freinehmen. Nach allem, was ich über Arend gehört hatte, war ich natürlich sehr neugierig geworden.

»Ich glaube nicht, dass du bei dem Gespräch dabei sein darfst, aber mitgehen kannst du natürlich«, meinte mein Vater.

In der Mittagspause aß ich wie gewöhnlich zu Hause. Nach dem Essen zog mein Vater seinen guten Anzug an, und gemeinsam gingen wir zur Straßenbahnhaltestelle am Zeeweg. Wir kauften noch Tabak im Laden an der Ecke des Noordeinde – »die Weiber« hieß der Laden, weil die Inhaberin eine Witwe war, die ständig eine Schar von Klatschbasen um sich sammelte – und nahmen die Bahn in Richtung Stadt. Wir unterhielten uns über Alltägliches und genossen dabei beide heimlich die angenehme Windstille, die seit meiner Verlobung mit Janneke vor einem Jahr zwischen uns herrschte. Ich war dabei, mein Leben selbst in die Hand zu nehmen, und mein Vater sah, dass es gut war.

Kurz vor Rijngeest stiegen wir aus. Wir sahen der Straßenbahn nach, die quietschend und knirschend ihren Weg in die Stadt verfolgte, überquerten die Straße und betraten die lange schattige Allee, die zu der Nervenheilanstalt führte. Schon bald sahen wir das ehemalige Landhaus zwischen den Bäumen liegen und hielten im Gespräch inne. In den alten Buchen hallte die Stille nach.

Als wir durch das Tor der Anstalt traten, sahen wir Bürgermeister Verheijens funkelnagelneuen Sunbeam in der Einfahrt stehen. Wir gingen über den schmalen Kiesweg zum Eingang des Hauptgebäudes; dort bat mein Vater mich zu warten. Er meinte, die Unterhaltung werde nicht lange dauern. »Wir sitzen in dem Saal da hinten um die Ecke«, sagte er. »Wenn du diesen verrückten Arend noch sehen willst, kommst du in einer halben Stunde einfach rein, weil du mich etwas Dringendes fragen musst, wenn du verstehst, was ich meine.«

Er stieg die Treppe hinauf und verschwand im Gebäude. Ich setzte mich auf eine Bank und sah mich um. Dabei ließ ich unser Gespräch in der Straßenbahn noch einmal an mir vorüberziehen und schmiedete weiter an meinen Zukunftsplänen. Mit Hilfe von Bürgermeister Verheijen war ich vom Wehrdienst freigestellt worden. Nicht mehr lange, dann würden Janneke und ich heiraten, in eine eigene Wohnung ziehen und eine Familie gründen. Nichts stand unserem Glück im Wege, es sei denn, auch bei uns würde noch Krieg ausbrechen, was ich aber nicht erwartete. Und selbst wenn ich in den Schützengraben müsste, würde das nur eine vorübergehende, zweifellos heroische Verzögerung der Verwirklichung meiner großartigen Träume bedeuten. Ich war in dem Alter, in dem man sich noch unsterblich wähnt.
Ein Geräusch ließ mich aufschrecken. Die Tür des weißen Pavillons neben dem Hauptgebäude öffnete sich und eine Gruppe von vier Geisteskranken und zwei Wärtern trat heraus. Sie hatten Spaten und Hacken bei sich und bewegten sich auf mich zu. Einer sprang hüpfend aus der Reihe, ein anderer schrie unverständliche Silben, ein Dritter hatte einen Arm um den Kopf geschlungen und wankte neben seinem Kameraden her, der bei jedem federnden Schritt die Lippen seines eingefallenen Mundes nach vorn stülpte. Als Letzterer bei mir angelangt war, blieb er stehen und musterte mich aufmerksam, als sei ich ein merkwürdiger Gegenstand. Ein Aufseher zog ihn am Arm, doch er protestierte heftig.
Plötzlich spuckte er mir ins Gesicht. Der Wärter versetzte ihm einen leichten Schlag auf den Kopf und entschuldigte

sich bei mir. Angewidert stand ich auf und wischte mir das Gesicht ab.
Die kleine Gruppe setzte ihren Weg fort und machte sich in einem von niedrigen Hecken umgebenen Gartenstück an die Arbeit. Ich fühlte mich nicht mehr wohl in meiner Haut. Hier hinter dem gusseisernen Tor galten andere Gesetze. Hier schwangen Zügellosigkeit und Wahnsinn das Zepter. Jederzeit konnte einer der Verrückten auf mich losgehen und mir mit dem Spaten den Kopf einschlagen, ohne dass es jemanden auch nur befremdet hätte.
Es schien mir ratsamer, ins Haus hineinzugehen. Ich stieg die Treppe hinauf und zog die schwere Tür hinter mir zu. Das Gebäude wirkte völlig ausgestorben. Ich lief den langen Gang hinunter, kam an einem Zimmer vorbei, in dem eine Sekretärin über eine Schreibmaschine gebeugt saß. Im nächsten Zimmer lehnte ein Mann – wahrscheinlich ein Arzt – sich in seinem Sessel zurück, die Füße auf dem Schreibtisch, die Hand nachdenklich an die Stirn gedrückt. Niemand nahm Notiz von mir. Am Ende des Gangs hörte ich Stimmen hinter einer geschlossenen Tür. Ich blieb stehen und horchte. Was gesprochen wurde, verstand ich nicht, konnte aber die Stimme meines Vaters und die des Bürgermeisters Verheijen unterscheiden. Dann hörte ich auch Arends tiefe, leidenschaftliche Stimme. Da drinnen saß ein dreifacher Mörder, und das war seine Stimme, ja, ich erkannte sie wieder.
Ich machte kehrt und ging zum Eingang zurück. Diesmal bemerkte die Sekretärin mich und ließ mich auf einer Holzbank im Empfangsraum hinter einer Schiebetür mit Scheiben aus grünlichem Milchglas Platz nehmen.

Ich brauchte nicht lange zu warten. Schon bald hörte ich die Männer im Gang. Ich zog die Tür auf und stand plötzlich Arend Auge in Auge gegenüber, der lebhaft gestikulierend und redend zwischen meinem Vater und den beiden Bürgermeistern einherschritt. Er warf mir einen flüchtigen Blick zu. Der Blick eines Mörders, dachte ich unwillkürlich. Ich wischte mir die verschwitzten Hände an der Hose ab, doch Arend machte keinerlei Anstalten, mir die Hand zu geben, nickte mir nur von oben herab zu. Ich folgte den Männern nach draußen. Arend ging direkt vor mir die Auffahrt hinunter, und mit einem Gefühl des Unbehagens betrachtete ich den breiten Nacken zwischen den kräftigen Schultern und den kahlen Kopf, der so viel finsteren Wahn barg. Der Kies knirschte unter unseren Sohlen.

Bei dem weißen Sunbeam blieben wir stehen. Bürgermeister Dircx von Voorschoten gab sich einen Ruck und wandte sich Arend zu: »Du weißt, was wir verabredet haben?«

»Gewiss, Herr Bürgermeister.«

»Und du wirst dich an unsere Verabredung halten?«

»Ich werde mich daran halten.«

»Dann ist es gut.«

Bürgermeister Dircx reichte ihm die Hand. Alle vier folgten wir seinem Beispiel. Arends Mörderhand schob sich nun auch in meine. »Alles Gute«, murmelte ich.

Bürgermeister Verheijen öffnete die Tür seines Automobils, nahm seine Handschuhe vom Vordersitz. Dann wandte er sich wieder an Arend.

»Sag mir doch mal«, meinte er zögernd, während er die Hand in den Handschuh zwängte, »das mit dem schwe-

benden Buch – mal ganz ehrlich, wie hast du das hingekriegt? Das war doch nicht wirklich ein Wunder? Oder?«
Arends Gesicht verdüsterte sich. Sein Mund bekam einen verkniffenen Zug. Ohne ein Wort zu erwidern, stiefelte er auf das Grüppchen zu, das in dem Garten hinter den Hecken an der Arbeit war, und entriss einem der Kranken einen Spaten. Der arme Tropf protestierte laut, doch Arend versetzte ihm einen Stoß und kam wieder zu uns zurück. Erschrocken blickten wir auf den baumelnden Spaten. Ein Aufseher rannte herbei, aber Arend war bereits stehen geblieben; er hob den Spaten mit beiden Händen hoch und rammte ihn mit aller Wucht in den Boden.
Darauf entspannte er sich. Er schob die Hände in die Hosentaschen und ging auf Bürgermeister Verheijen zu. Ein paar Sekunden lang sah er ihn herausfordernd an.
»Ich möchte, dass Sie den Spaten aus dem Boden herausziehen.«
Abwehrend hob der Bürgermeister die Hand. »Schon gut, Arend, schon gut.«
»Nein«, beharrte dieser, »ich bestehe darauf, dass Sie es versuchen.«
Der Bürgermeister war sichtlich etwas verwirrt und lachte nervös.
»Ich bestehe darauf«, wiederholte Arend.
Unter seinem zwingenden Blick setzte der Bürgermeister sich in Bewegung. Er baute sich hinter dem Spaten auf, dessen Blatt ganz im Boden verschwunden war, und ergriff den Stiel mit beiden Händen.
Arend starrte ihn unverwandt an. Der Bürgermeister zog, doch der Spaten bewegte sich nicht von der Stelle. Ver-

heijen zog nochmals und nochmals – nichts. Bestürzt sahen wir zu. Der Bürgermeister war ganz blass geworden. Mit gesenktem Kopf, wie ein Schuljunge, dem gerade ein Rüffel erteilt wurde, stand er vor Arend, der triumphierend die Arme verschränkte.

Plötzlich wandte Arend sich an mich.

»Du bist noch jung und stark. Du schaffst es bestimmt, meinst du nicht?«

Als er mich so spöttisch ansah, fühlte ich auf einmal, wie eine bleierne Schwere in meinen Körper einzog. Mein Vater versuchte mich, glaube ich, noch zurückzuhalten, aber da hatte ich den Spaten bereits ergriffen; ich umklammerte den Stiel unter dem Griff und zog. Zwei, drei Mal versuchte ich es, doch ich versichere Ihnen, meine Arme verweigerten mir den Dienst; meinen Muskeln gelang es nicht, genügend Kraft aufzubringen, um das Ding aus dem Boden zu ziehen.

Ich wusste wirklich nicht, wie mir geschah. Ich habe immer noch keine Erklärung dafür. Verwirrt ließ ich den Spaten los.

Arend kam auf mich zu und legte mir die Hand auf die Schulter. Unvermittelt warf er den Kopf zurück und lachte laut los. Er drehte sich um und lief mit ausgebreiteten Armen über den Kiesweg, ohne uns eines weiteren Blickes zu würdigen.

Und das war das Letzte, was ich von ihm sah, das Letzte, was ich von ihm hörte: sein dröhnendes Gelächter, das jetzt, da ich diesen Bericht beende, wieder an mein Ohr dringt, aus einer fernen Vergangenheit, aus einer Welt, in der andere Gesetze gelten.

Øystein Lønn

Maren Gripes notwendige Rituale

Eine kleine norwegische Insel am Anfang des letzten Jahrhunderts. Eines Nachts verliebt sich Maren Gripe in den holländischen Seemann Leo Tybrin Beck. Sie bricht mit ihren Ritualen und sozialen Konventionen und löst damit eine lokale Katastrophe aus.
Lønn beschreibt, was mit Menschen geschehen kann, wenn das Unberechenbare über sie hereinbricht: die Begierde, das Fremde und die Angst.

»... Seine Kunst, den Leser zum Staunen zu bringen, ist wie klare Luft und weiter Himmel. Er ist wohl der einzige Autor der Gegenwart, der absolut klischeefrei schreibt.«

Aftenposten

»... Manchmal weiß ich schon nach wenigen Seiten, dass ich ein Buch noch einmal lesen werde. Und zwar sehr bald. Genauso ging es mir mit *Maren Gripes notwendige Rituale*.«

Kulturnytt